KB247963

누군가 나를 살아주고 있어

누군가 나를 살아주고 있어

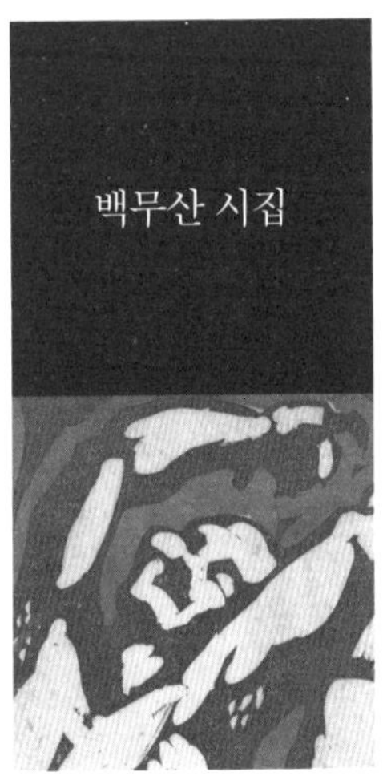

창비

차
례

제1부

제 1 부

기원에 대하여

강가에서 주워 온 돌도끼 하나
나무로 자루를 달아 책상 옆
벽에 걸어두었다 수만년 동안 땅에 묻혔다가
홍수에 떠밀려왔을 것이다

손아귀에 맞춤하게 자루 없이도 사용할 수 있게
균형이 잡혀 있고 조심스럽게 모서리를 떼어내어
날카롭게 날을 버리고 강도를 고려해서
두께를 배려하고 눈에 들게 매끈한 곡선도 잡아두었다

이건 그저 원시적 도구일 뿐인가
아무리 오래된 돌도끼라도 만드는 사람 머릿속에
언어가 없었다면 만들지 못했을 것인데,

첫번째 타격은 마음 내키는 대로 부딪쳐
부수었고 부서진 조각을 보고
자신의 행위로 뭔가 만들어진 것에 깜짝 놀랐을 것이다

두번째 타격은 타격의 강도를 계산하고

만들어질 모양을 머릿속에 그리기 시작했을 것이다
그 때문에 머릿속이 공기처럼 부풀었을 것이다

세번째 타격은 머릿속에 그려지는 그림에 이름을 달아
말로 매듭을 지어내기 시작했을 것이다
시행착오를 기억하기 위해 말에 순서를 정했을 것이다
그렇게 말이 돌의 모양을 잡아가지 못했다면
두번째 타격부터 목적을 잃었을 것이다

루소는 인간이 최초로 말을 시작한 건
사냥 때문도 노동 때문도 신의 선물도 아니라
정념을 표현하기 위해서라고
그래서 인간의 처음 언어는 시였다는데
나는 루소의 틀린 말도 믿으려는 사람인데

돌도끼를 처음 만든 사람은
자신이 한 일에 스스로 놀라워
마음 끌리던 사람에게 먼저 달려가 선물을 주고
처음으로 입을 열어 사랑을 고백했을 것이다

처음 돌도끼는 시였다가
훗날에 가서야 연장이 되었을 것이다

먹기 위해 살기로

옛 친구 조문 가서 밥만 먹고 왔다
말 붙일 사람 없어 그냥 나오려다가
너와 먹던 밥 생각에 눈치 없이 퍼먹고 왔다
입원하기 전 풀 죽은 널 데리고 밥집 갔을 때
사는 낙이 없어 먹는 재미 하나로 산다던
농담이 내게도 진담으로 돌아왔다

먹기 위해 살기로 했다
사는 게 뭔지도 모르는데
살기 위해 먹는 게 가당한 일인가
세끼 먹자고 매일 고래 잡으러 가는 일도
사는 일은 분명 아닐 터이고
한상 차려 먹자고 강을 막고 산을 들어내는 일도
사는 일 분명 아닐 터이고
도구 아닌 몸은 길들여진 도구가 되어
목숨 파먹고 사는 일이 사는 일인가

세끼보다 잘난 게 뭐 있겠나
세끼 사소함보다 더 위대한 사소함이 또 뭐냐

밥이 위대해서가 아니라 그보다 더
대단한 게 있을 이유가 없지 않나
매달리지 말고 무릎 아래 두자
세상사 모든 일을 세끼 지평 아래 놓아두자

다 먹고살기 위해 하는 일이라던
네가 잡아놓은 건 빚 고래였다
몸도 바닥까지 빚이 되도록 굴렸다
네 말대로라면 세끼 먹자고 네 몸도 담보 잡혔다
생전에 잡아본 적 없는 고래가 너를 삼켰다
우리는 왜 선하게 살겠다면서
가해자처럼 성공하려고 하는가

먹기 위해 살면 바람과 꽤 가까워지겠다
그러면 몸은 써먹는 연장이 아니라
부리는 사용자가 되겠다

먹기 위해 살면 나머지가 생기겠다 두툼한 나머지가
발견할 수 있을지도 모르지

대륙만 한 여백을

기차에 대하여

달리는 기차를 본다 멈추지 않는 기차를
멈추지 않아 아무나 탈 수 없는 기차
그만 내리고 싶어도 내릴 수도 없는 기차

기차의 속도로 달려야만 탈 수 있다
내리고 싶을 때 내리는 자는 치명상을 입는다

세워주지 않는 저 기차에 우리 모두가 이미 타고 있다
탈 수 없는 기차를 이미 타고 있는 것은 악몽이다

기차가 멈추지 않고 달릴 수 있도록
몸을 던져 연료가 되는 자들이 따로 있을 뿐이다

기차를 세울 수 없는 것은
기차의 목적지는 기차 안에 있기 때문이다

목적지가 있는 사람은 기차를 탈 권리가 없다
기차의 목적지는 달리는 속도에 있다

저 기차가 왜 우리에게 있을까
아무도 목적지를 묻지 않을 만큼
우리는 내릴 수 없는 기차를 타고 있다

가면무도회

얼굴을 가리자 몸 전체가 시야에 들어왔다
드러난 표정이 꼭 필요했던 건 아니었다

시선을 독점하고 비틀고 위장하고
과열된 반응을 유도하는
얼굴에서 사람을 읽으려고 하지만 사실 얼굴은
존재의 선입견이다

몸을 과잉 대표하고
나를 기만하는 기술이다

얼굴은 사람의 얼굴에 개별의 얼굴을 씌우고
다른 종으로 만들기도 한다

얼굴은 침묵의 표정을 소음에 묻어버린다

얼굴을 가리자 가면 하나를 벗어버린 듯하다

누가 과열된 얼굴 문명에 찬물을 끼얹는가

얼굴을 벗고 나는 가면무도회장을 벗어나본다

아궁이

옛사람들은 아무도 아궁이에는 불을
태운다고 말하지 않았지
무엇을 태워 죽은 열을 얻는 것이 아닌 줄 알기에
불을 넣는다고
불을 지핀다고 했지
땐다고 했지만 그 말은 댄다는 말이지
논에 물을 대듯이

밥을 짓고 냉기를 밀어내고
달의 운행에 온기를 불어 넣지
돌아서면 금세 축축해지고 서릿발 돋는 집의 목구멍에
더운밥 떠먹여주지

불의 소용돌이가 구들장에서 대들보를 타고 번져
굳었던 집의 관절들이 풀리고
식구들의 활기가 들로 번졌다가
마른 것들 거두어 다시 기꺼이 아궁이로 돌아오지
논에 댄 물이 푸른 것들로 몸을 바꾸듯이

타닥타닥 불이 걸어 들어가는 소리
마른 대궁이도 풀풀 날리는 낙엽도 먼지들도
마른 쇠똥도 쓰러진 나무도 힘을 잃은 삭정이도
눈물 젖은 낮과 밤의 이야기들도
어두운 동굴을 나와 다른 몸을 얻지

사람들은
살아 있는 시간을 태워서 죽은 열을 얻는 곳으로 떠나버
렸지만
이곳에서는 태우지 않지 몸에서 몸으로 번져가지
나의 몸을 대주어 너를 지피지
그렇게 그 시절 신화를 지피는 동굴이 있었지

통과의례

비행기가 이륙할 때 가빠지는 심장은
시험지를 받아 든 느낌이다
여객선이 부두를 떠날 때도 쿵쿵
시험지를 받아 든 가슴이다
내 몸은 나도 모르게 의식을 치르고 있었다

이삿짐을 싣고 트럭 조수석에 앉을 때도
잡은 손 놓고 중환자실을 나올 때도
마지막 순간을 지켜보고 문을 닫고 나올 때도
이쪽과 저쪽, 이전과 이후 사이
몸을 다시 받아야 할 것처럼

어느새 나는 빈 대합실에 홀로 와 있다
이유도 모른 채 그렇게 버려져 있다
시간이 임박한 줄도 모른 채

개표가 시작될 때처럼 주술을 받은 몸처럼
이쪽에서 저쪽 사이에 내 몸은 들떠 있다

돌아보면 언제나 몸은 다른 몸이 되려고 했다
손엔 풀지 못한 시험지 같은 표가 언제나 들려 있었고
탑승하라는 안내 방송이 언제나 흘러나왔지만
나는 흘러가지 못했다
창밖을 아무리 둘러봐도 그대는 오지 않고
나는 미숙한 인간으로 남았다

문턱

마당에 놓아기르는 개에게 문턱을 넘지
말라고 가르치는 건 생각보다 쉬운 일이지
개는 인간과 살면서 넘어서는 안 될 문턱을
넘지 않으려는 자제력이 있어

그걸 사람에게 보여주고 싶어 하지
자기를 믿어도 괜찮을 거라고
하지만 간혹 이빨을 세우고
늑대의 문턱을 넘어버리기도 하는데
그 역시도 자신의 문턱을 지키기 위해서지

넘지 말아야 할 문턱을 넘어서는 안 된다는 걸
사람에게 가르치는 일 또한 어렵지 않은 일이지
오래전에 야생의 본능이 많이 사라졌기 때문

바로 그 때문에 문턱을 넘도록 만드는 일 역시 식은 죽 먹
기지
야성 때문에 종종 치명적인 문턱을 넘어버린다고
생각하지만 실상은 그 반대이지

물로는 발등을 찧으려야 찧을 수 없지만
장담할 수 없지 자신도 모르게 얼음이 된 줄도 모르고
발등 찧는 일을 자신도 이해하지 못하지

손도 대지 않고 증오의 문턱을 넘어버리게 만드는 일도
어렵지 않지 광란의 전쟁터로 몰아넣는 일도

그저 몇 마디 혐오를 가르치는 것만으로도
학살의 문턱을 넘어버리기도 하지
종의 문턱을 넘어버리기도 하지

새로 출시된 선악과

행복지수가 늘 세계 1위라던 부탄에 무슨 일 있었는지
올해는 꼴찌에 가까운 95위
갑자기 불행 국가가 된 이유는 전쟁도 천재지변도
정치적 파탄도 아니라

스마트폰 때문이라고
국왕도 평범한 민가에서 평민과 결혼하여 살고 있는 나라
평등과 소박함이 행복의 비결이라던 나라에

에덴에서 처음 떠날 때 호모사피엔스가 삼킨
선악과는 뭐였을까
별이었을까 농업이었을까 새였을까
저 너머 세계를 물고 날아온 새들로 인해
자신도 몰랐던 미지의 욕망을 발견하게 되었을까

그러나 새롭게 출시된 선악과는
새보다 빨리 멀리 날아다니는 스마트폰

더 큰 행복을 찾는 길은 더 큰 욕망을 발견하는 일

유통기한 지난 욕망에 곰팡이 슬고
다시 출시될 선악과를 또 기다려야 하지

미지도 저 너머도 사라져 지금 이곳만 남은 지구
다시 저 너머를 어떻게 상상한다는 건가
저 너머를 꿈꾸지 않고도 살 수 있다는 건가
다른 행성이 대체물로 팔리지만 실물은 아닌 탓에

남은 길은 재지구로 가는 길일까
탈출 능력이 아니라 회귀 능력에 기대야 할까
그곳에 벌거벗은 재에덴이 등장할까

내겐 이미 행복이라는 단어보다
더 지겨워진 단어가 없어져버렸는데

부르면 그 이름으로 온다

하룻밤 내린 눈에 도시가 마비되었다

한밤중에 일어나 마당에 나가본 사람들은 이렇게
말했을 것이다, 눈이 참 푸근하게도 내리네

아침 뉴스 화면엔 온통 아수라장이다
하늘에서 쏟아부은 재난을 원망했다

폭설이 내리면 풍년이 온다고 했는데
파릇한 보리밭에 이불을 덮어주고
겨울 나는 것들에게 깊은 잠을 토닥여준다고
봄가물에 목마른 대지를 천천히 적셔준다고

한철 겨울나무 곁방에 들어 소란한 자신과 결별하는 대신
말 없는 저 흰 것들과 결별한 뒤로

고요하고 희고 말 없고 순한 저들을 우리는
쓰레기라고 부른다 재난이라고 부른다

부르면 불리는 그 이름으로 온다

악의 우월성

허술한 내 집은 자주 야생의 어린것들
피난처가 되곤 하는데,

막 젖을 떼었을 어린 다람쥐들이 책장을 타고 넘고
싱크대를 뒤지고 이불에 오줌을 싸놓을 때도
그들에게 내 무엇을 손해 볼 궁리를 즐겁게 했으나,

옷장 구석에 들쥐가 새끼를 낳아 엄지만 한 것들이
책상 밑에 까만 구슬처럼 구르고 다닐 때
내 무엇을 손해 볼까봐 덫을 놓고 고양이를 빌려 오기도
했는데,

그들을 가만히 손바닥에 올려놓고 보면 씨앗처럼 까만
눈동자며 총명한 수염이며 금속 연장처럼 날카로운 입이며
겉옷만 다를 뿐 다른 점은 어디에도 찾아볼 수 없는데,

구별하여 확정한다는 건 얼마나 잔인할 수 있나
아우슈비츠에서, 베트남에서, 제주도에서, 형제복지원에서
인종에 대한, 민족에 대한, 사상에 대한, 하층계급에 대한

확신은 하루라도 피를 보지 않으면, 살육하지 않으면,
씨를 말리지 않으면 평화가 오지 않는다는
확신을 가진 인간을 만들어내는 일은 얼마나 쉬운가

그들도 때론 어린 생명 앞에 자기희생의 눈물을 흘리며
자신이 얼마나 고귀한 영혼을 가졌는지
울컥한 적 있었을 테지만,
인간성이란 어떤 확신들로만 조합된 구성물인가

인간을 인간 아닌 것으로 만들 수 있는
지혜는 얼마나 단순한가
인간은 얼마나 쉽게 우월한 심판자가 될 수 있나
우월성은 얼마나 소박한 감정인가

고기 사이

불고기 축제장 입구 고기 굽는 냄새
진동하는 곳에 살아 있는 소를 매어놓았다
피가 튀는 횟집 도마 아래 수족관
물고기들이 유유히 헤엄치고 있는데,

눈을 부라리고 똥을 싸고 되새김질하는 소를 보고
살아 펄떡이는 물고기를 보고 구미 당기라고?
저건 싱싱한 고기일 뿐이라고
살아 있다는 건 싱싱한 상품성일 뿐이라고,

내가 네게서 네가 내게서 얻어 가는 것도 고기다
강과 숲에서 사람이 얻어 가는 것도
골재와 부동산이라는 고기뿐이다

살아 있다는 건 내장과 함께 버려질 부산물일 뿐
네가 필요한 건 너라는 고기 때문이다
살아 있다는 건 중요하지 않아
그건 고기 맛을 가늠하는 신선도일 뿐
그 가운데 살아 있는 자는 먹는 자뿐

'BMW를 탄 채, 길을 건너는 노파에게 경적을
울려대는 재수 없는 사람들'을 다년간 연구했다는
저명한 학자가 결론 내리길
권력은 모든 종류의 공감 능력을 약화시킨다는데,

고기에게 공감할 게 뭐 있겠나
권력은 모든 공감 능력을 식욕으로 만들지

이 나라에는 몇년마다 고기 굽는 내가 진동을 하지
사람 사이를 고기 사이로 만드는 정치 축제가

내부 수리

시장통 치킨집 문을 닫았다 열었다
다시 닫았다
무표정한 여자는 손님이 오든 가든
인사도 없고 친절은 메뉴에도 없고
튀김솥을 안고 얼굴은 언제나 붉게 달아 있었고

늘 우거지상인 남자는 밖으로만 돌더니
안에 있을 땐 사채업자처럼 다그치고 희번덕거렸다
여자는 목줄이 타도록 혼자 널뛰다
또 문을 닫았다

'금일 휴업' 팻말이 며칠씩 계속 달려 있더니
'내부 수리' 알림판이 달포가량 붙어 있더니
추위가 채 가시지 않은 어느 날 바람도 얼음바람인데
문이 환히 열어젖혀져 있었다
음악도 틀어져 있었고 인사도 밝게 했다
아무리 둘러봐도 내부 수리 흔적은 없었다

딱 하나 바뀐 건

배달을 마치고 돌아온 남자가 못 보던 사내였다
그간에 요란한 토목공사가 있었단다
수리에 들어간 비용 때문에
둘은 부지런히 뛰었다

실은 내부 수리가 급한 건 나였다 곰팡이도 피고
내부가 낡고 지저분했지만 어디서 손을 써야 할지
도무지 어디까지가 내부인지 나의
내부가 저 바깥에 있거나 먼 미래에 있기도 해서

내 생각이 문제일까 정말 내부 수리가 필요한 건가
바닥이 뻔한데 나는 왜 자꾸 견적서나 만들까
내부 수리는 왜 꼭 토목공사여야 할까

좀 친절해질 수는 없겠는가
내게 오는 사소한 것들에게 조금 더 친절해질 수는 없겠
는가
내가 나에게 좀 다정할 수는 없겠는가

후회

요양병원에 누워 계신 어머니께 갔더니
내게 당부할 말 있으시단다
당신 귀가 많이 먹어서 큰 목소리로
병실 사람 다 들리도록

숨겨둔 아들 이제 더 숨기지 말라고
사람들에게 말하라고 군대 갈 나이인데
왜 아직도 숨기고 사느냐고,

백년을 살도록 정신 줄 한번 놓아본 적 없었으니
간병인도 동생들도 모두 헛소리일 리 없다는 눈치다
내게 이제 해명해보라는 눈치다

먹은 귀에 대고 나도 큰 목소리로 말했다
그리하겠심더, 할매한테도 데리고 올게요

병실을 나오면서 후회가 파도처럼 밀려왔다
내가 싫어 나를 반복 않겠다는 생각 참 한심했구나

당신 마음엔 그래도 인륜은 그게 아닌데
자식 사는 일이 하도 비탈져 보여서
말은 못하고 오래 아쉬웠는지 오래 마음에 품으셨는지
숨긴 애라도 있었으면, 그 마음 오래 들고 계셨는지
종일 누워만 있어 꿈과 현실의 문턱이 문드러져버렸는지
아이 얼굴까지 나이까지 아이 엄마 얼굴까지
다 알고 계시다는데,

어쩌나 이를 어쩌나
어디 가서 숨은 아이 찾아오나
나는 갑자기 그 아이가 그리워졌네
그 아이 아버지는 지금쯤 어디서 헤매고 있을까

달력

아직도 깊은 숲에서 살아가는 사람들 가운데
내일이라는 단어가 없는 부족들도 있다는데

내일은 만질 수 없으므로 이름이 없으면
머릿속에 그릴 일도 어디서 굴러올 일도 없을 터인데

해가 뜨고 어둠이 깊어질 때까지가 아니라
꽃이 피고 겨울이 올 때까지가 아니라
해가 바뀌고 세월이 흘러도
태어나서 죽을 때까지가 오늘이라면
뒤도 앞도 없는 세계는 얼마나 경이로운 하루일까

하지만 내일이 없는데
오늘은 있어야 할 이유가 없겠지
오늘이 아니라 지금 이곳뿐인 현재가 계속 현재라면
태어나기 전에도 죽은 후에도 지금이라면
그들이 이해하는 영원회귀에 대해 우리는 얼마나 알고 있
을까

세상을 처음 뒤집어놓은 책이 있다면
그건 아마 달력이었을 것
인간이 밥을 구하는 방식도
삶의 의미를 생각하는 방식도
세계를 이해하는 방식도
먼 데 것과 관계를 맺는 방식도
사랑하는 방식도 슬픔을 이해하는
방식도 얼마나 많이 바꿔놓았을까

그 운명을 몸에 내장한 채 태어난 호모사피엔스가
세상에 나와 가장 먼저 한 일 가운데 하나는
돌을 세워 시계를 만들고 달력을 만든 일이었을 것

시간은 세계였고 광장이었고
달력은 숫자가 아니라 구구절절 사연과 이야기였으나

시간은 점차 어제도 아니고 오늘도 아니고
내일이 되어갔지 내일이 넘쳐나
내일에 어제의 것들을 다 팔아치운 후에

어제는 희미해지고 오늘도 흐릿해지고
어제는 모든 것이 불구였고 오늘은 모든 것이
유보 중이었고

하지만 저 사람 바깥의 것들은 모두 주어진 존재
주어진 건 어제의 것, 어제가 아니면 만날 수 없는 존재들
세상에 없던 내일로 건너가버린 인간에게
저들은 모두 불구의 존재

훗날 누군가는 이렇게 말할지도 모르지
옛날 옛날에 어제가 없는 부족이 살았더라고

제 2 부

인류세의 아침

폭염에 마스크를 쓰고 불판 아스팔트를 걸어
쥐약을 사러 갔다
한동안 비워둔 허술한 집에 쥐가
갑자기 불어나 거실에까지 제집처럼 극성이어서

먹으면 눈이 멀어지고 소화도 시키지 못해
밝은 곳으로 기어 나와서 죽는다는
새로 나온 쥐약을 광고에 끌려 사서 돌아왔지만,

마당엔 개도 있고 너구리도 다니고
꼭 그래야 되나 싶기도 해서
포장도 뜯지 않은 채 다락에 던져두고
허술한 곳 손을 보고 더 두고 보자 했는데
어느 날 극성이던 것들이 신기하게도 종적을 감추었길래

쓸모없어진 쥐약 버리려고 찾았더니
봉지가 찢기고 플라스틱 빈 병만 나뒹굴고 있었네
뚜껑은 이빨로 뜯겨 있었고,

모두가 그랬던 건 아닐 것이다 많이 먹겠다고
행패 부린 놈 배불리 먹고 떠났을 테고
먹지 못한 놈들은 자책에 시달리다 다 버리고
떠났을지도 모른다 뭐라, 자책을?

인간 전유물 같은 소리 하지 말라니
자책을 모르는 생명이 여태 멸종 않고 살아남을 수는 없
잖은가
자책도 그저 반사신경의 일종일 것
그러니 너무 자신을 탓할 것 없어 너희들이
우리보다 더 오래 살아남을 테니까

그런 일쯤이야 우리에겐 이미 너무 흔해빠진 일
저 거대한 뚜껑 뜯겨 열린 것 좀 보아
저 병 속에 무엇이 들어 있나, 창세기가?

누군가 나를 살아주고 있어

그때 나는 봉인된 기억 속 오래전 친구의
전화를 받았지, 스무살 적 기억을 풀고
세월 저편에서 건너오던 그 목소리를 들었을 때

어둡던 그 시절 질척한 수렁이 아니라
태양 가득하던 짧았던 젊은 날의 파도 소리였어
너로 인해 새로운 과거를 얻었구나
전화를 끊고도 들뜬 심장의 여운이 되감겼지

— 네가 살아온 시간 동안 나도 그렇게
　　살아남았던 것이 고마워
　　잘 살아주어서 네가 나인 양 자랑스러워

문자를 보내면서 고마운 건
너보다도 너로 인해 한결 괜찮아진 나였던 건
마치 네가 나를 대신 살아준 것 같다는 생각이 들어서

너로 인해 희미하게 알게 되네
내가 모르는 사람들도 나를 조금씩 살아주기도 한다는 걸

서툴고 어리석고 나를 모르는 나니까
어디선가 조금씩 나를 불러주고 대신 살아주어
간신히 내가 나로 살아 있는지도 몰라

그뿐 아니지, 지나쳐 보던 산들과 저물녘 강과
새벽안개와 겨울 바다도
구름 속 저 달도 나를 살아주지
내게 없는 내 기억을 가져다주기도 하지

때로는 비열한 자들이 나를 살아주기도 하지
세상을 그들이 제멋대로 끌고 가버리니까
조소와 냉소와 악담으로 나를 살아버리기도 하지
우리를 대신해서 악의적으로 살아주기도 하지

갈 수도 있었던 길

길을 잃고 지나온 길 생각하면
여기 이 길은 하나의 길이 아니라
가보지 못한 무수한 길과
많고 많은 이별이 남긴 길 중 하나였음을,

이 길은 떠밀려 이탈한 길이거나
난데없이 밀려온 조수에 도망치듯 피해 온 길이거나
환상에 끌려 터널처럼 빨려 간 길이거나,

무심한 저들은 살가운 우리가 되었을 수도
저 낯선 풍경에 내가 담겼을 수도
혈육이었을지도 눈물겨운 우리였을지도
세상에 없는 아이들이 태어났을 수도
부모와 그 부모를 거치는 동안
그 많은 이별의 길은 내가 선택한 게 아니듯이
이 길도 내가 선택했다 할 수 없으니,

갈 수 있었던, 갈 수 없었던,
가야만 했던, 갈 수밖에 없었던,

기약하고서는 끝내 가지 못한 숱한 길들
외도나 불륜으로나 엿보던 길들
한번의 약속 어긋나 영원히 멀어진 수많은 길들
열시 기차를 놓치고 열시 십분 차를 타는 바람에
모든 게 틀려버린 길들,

여기 하나의 길은 유일한 길이 아니라
수많은 길과의 이별의 길이었으리
이방인도 없고 타향도 고향도 없어
방치해도 좋으리 나의 길이 실종되도록

파이프라인

받아놓은 맑은 물에 오줌을 누고
깨끗한 물 한동이 더 부어 그걸 씻어내리느라
원전과 석탄발전소를 투입하고 다시 퍼 올리느라
화학약품과 미세먼지와 영구 폐기물을 뿌려대고

양변기 앞에 서는 일은 언제나 우물에
실례하듯 뒤통수 뜨끔해보지 않았던 적
없었건만 출구는 언제나 그것뿐이다

밖으로 가야 하는데 밖은 모두 파이프라인이다
모두 안쪽으로 다시 돌아온다 다른 몸으로 가야 하는데
한방울이라도 새면 경보음이 울린다
내가 낳은 강아지가 저 들판을 달려 나가지 못하고
하수구 파이프에 허우적거리다 다시 돌아온다

폐쇄회로의 논리는 언제나 나는 나다
끼리끼리 만나고 끼리끼리 돌아온다
일초에 수십 톤의 물이 흘러가는 소리 들리지만
한치 밖에서는 목이 타서 죽는다

일초에 수천억 바이트의 말이 흘러가지만
섞이지 않는다 광선로를 타고 제 갈 길만 간다

너에게로 가는데 나의 날것이 그대로 가도 될까
너에게로 가는데 바깥을 내딛지 않고도 길이 있을까
건너갈 공기가 없다면 내 말이 네 귀에 닿을 수 없는데
발효되지 않은 독성 그대로 너에게 갈 수 있을까
스며들 수 없는데 너에게로 갈 수 있을까

형식의 배후에

어릴 적 한 마부가 빈 마차를 끌고
양복 윗도리에 구겨진 넥타이까지 매고
낡은 솜바지에 흙 묻은 고무신을 신고
잔칫집 가는 걸 보았는데

예식장에 가려고 세탁소에서 양복을 빌려 입던
시절이 우리에게 있었지

세끼 밥 먹기 어려웠던 시절이었지만
좋은 날이면 풀 먹인 옷에 숯불에 달군 인두로
저고리 동정 하얀 깃을 세우고
한번 입을 걸 반나절은 정성을 들였지

겨울이 다가오면 놋쇠그릇은 잿물에
짚수세미로 빛이 나도록 닦아 선반에 올려두고
사기그릇 꺼내어 밥상을 바꾸었지
하루 세끼 죽도 못 먹던 그 시절에

추수가 끝나면 맨 처음 덜어낸 알곡 한됫박 안고

삼십리 산길 암자에 미륵님 찾았지
소나무 껍질까지 벗겨 먹던 시절에도

동냥한 동전 두닢으로 사원에
등불을 올린 거지 여인처럼

어떤 격식은 몸에 감추어진 영혼을
불러보는 주술이었지

집을 버리고

잃어버린 시 한편 찾느라 반나절 책장
훑고 검색창을 뒤적여도 보이지 않는데,

안달이 난 내 사정이 궁금해선지 엉뚱하게 불려 나온 화
면에
백년 전 신문*에 실린 흑백사진 속 한 사내가
내게 물어보라는 듯이 내 표정 기웃거리기에

저 사내 뒤를 따라가보았는데
한여름 땡볕 아래 리어카 끌고
아이스크림! 외치고 다니는 흑백의 저 사내를

본래 그 사내는 경상도 풍기에서 큰 땅 지주로
고래등 같은 기와집에서 놀고먹던 양반이었다는데
처자식도 딸려 있건만 전답 다 털고 빈손으로 서울 와서
리어카 끌고 밥벌이를 나왔다는데

제 등골에 땀흘리지 안코 남의 힘으로 만든 것만 쌀어먹
는 생활이

량심에 붓그럽다 하야 자기 소유의 던답을 소작인에게 긔부하고
맨손으로 내 밥 내 땀으로 벌어먹겠다고
아이스크림! 외치고 있다는데

나는 그 사내에게 시의 행방을 묻네
쌓아둔 지식도 전답 같은 권력도
남의 노동으로 얻은 낭만도 고래등 같은 자아도
족보 같은 자의식도 비단 같은 기교도 버리고
집을 버리고 나오지 않겠느냐고
맨발로 훌훌 걸어 나오지 않겠느냐고

*『동아일보』 1923년 6월 26일.

대치 중인 자들

길을 잡고 당신은 묻는다
지하도 앞에서 신발도 없이
묻는다는 것이 입에서 불쑥 나온
이천원만 좀…

실은 길을 물어보고 싶었을지도 모른다
막상 내 면상을 보는 순간 묻고 싶은 생각이
싹 가셔버렸다는 표정이다
아래위로 훑으며 욕이라도 뱉고
싶은 심정이었는지도

길을 잃어버린 사람에겐 정작 길이 필요 없지
견디는 힘이 필요할 뿐
보호소도 필요 없고 일당도 필요 없지
포기를 모르는 자들은 자기 집구석에서도 노숙 중이지

체념 없이 여전히 대치 중인 자들
대치할 체력도 시간도 없으면서
시간을 탕진하면서 대치 중인 자들

막다른 길에서 뒤돌아보지도 않고 멈춘 자들

미안하지만 나도 어느 순간
길을 가는 것이 아니라 대치 중이었더라고
포기한 자만이 길을 찾지
길 따윈 필요 없어 이천원이 필요해
길이 아니라 오늘을 버티는 일이지
기다림의 표정은 화석이 되고
전전긍긍하지도 기웃거리지 않고
삶이 대치 국면에 접어들었다는 것이지

존중 사회를 위하여

남성 직원 선생님은 멋진 구두에 정장을 입고
여성 직원 선생님은 최대한 좋은 옷을 입고
회의에 참석하시기 바랍니다 맡은 구역 청소를 마친 후
필기시험도 있습니다 시험 점수는 인사에 반영됩니다

청소 구역과 시설물 명칭 정도는 영어로 쓸 줄 알아야지요
한문으로 쓰는 것은 기본입니다
우리는 여러분들을 존중합니다 여러분들도 선생님입니다
존중받으려면 좋은 점수를 받아지요
이런 걸 영어로 쓸 줄 모르세요? 선생님!
이 정도도 한문으로 쓸 줄 모르세요? 선생님!
왜 이러세요 선생님 존중받을 일을 스스로 하셔야지요
그러니 자꾸 청소부 소리를 듣는 겁니다
자꾸만 존중받지 못할 일을 하고 계시잖아요 영어도 모르고

도대체 왜 이러세요 좋은 점수를 받으려는 노력이 중요해요
자신에 대한 자각 없이 청소만 해서는 존중받을 수 없어요
자신이 하는 일을 확실히 깨달아야 해요
선생님들은 자신이 누군지 잘 모르고 있어요

청소보다 더 중요한 것이 있다는 것을 알아야 해요
우리는 직원 선생님들을 존중합니다
노동자들은 숨은 애국자입니다 존중받아 마땅합니다

이 시험은 국기에 대한 맹세를 하듯이 해야 해요
이 시험은 자신에 대한 맹세입니다
이제 몸과 마음을 다 바쳐
바닥만 보고 살 것을 맹세합니까?

싱크홀

괴이한 일들이 일어나지 어이없는 사건들이
이유 없이 여기저기 터지지
어떤 참사는 정권의 거울상이지
혐오와 냉소가 만들어낸 거울상이지

누구 탓도 아니거나 모두의 책임이라고 하지만
국민에게 냉소적인 정부가 들어설 때면
괴이한 참사가 난데없이 일어나지

자동차를 다 고쳤는데 볼트 몇개가 남기도 하지
보일러를 다 고쳤는데 전선 하나가
덜렁거리기도 하지 그리고
아무 일도 일어나지 않지
그 일을 다 잊을 때까지

어디서 시작된 건지 모른다 하지
뒤집히거나 침몰하거나 폭발하거나
어이없게도 누구도 실수하지 않았다는데
무고한 사람들이 죄 없는 사람들이

수습되지 않는 참사가 일어나도 그냥 그때 죽은
그 사람들이 그곳에서 방심했을 뿐이라지만

세상일엔 이런저런 구덩이가 생기기 마련이지만
그들은 그 구덩이마다 냉소 같은 얼음으로 메우고
얼음 같은 냉소로 다지고
혐오와 조소로 덮어버리고
그 위에 검은 아스콘 같은
음모의 장난으로 덮어버리지
사람들 사이에 냉소가 깊이 스며들 때까지
그리고 아무 일도 일어나지 않지
아무 일도, 겨울 동안은

그들은 명백한 살인자들이지

잔치는 다시 시작되었다

핏자국을 닦고 잔치를 벌인다
죽은 자들을 소각하고 돌아와 만찬을 즐긴다
열지 못한 축제를 맘껏 벌일 수 없었던 파티를

이별의 인사도 없이 그들을 떠나보내고
투명 아크릴 너머에서 발을 구르고 문을 두드리고
소독약에 담겨 폐기물처럼 노천에 쌓이고
관이 모자라 비닐에 둘둘 말려
장례도 없이 떠나는 앰뷸런스 뒷바퀴에 엎어져
눈물 콧물로 작별을 하고

수거용 방호 자루에 밀봉되어
소각하듯이 불가마 속으로 던져지고
차단기가 내려오고 철문은 닫히고
귀를 찢는 알람이 울리고

돌아와 핏자국을 닦고 우리는 잔치를 벌인다
그동안 누리지 못해 안달이 났던 축제를
철창문 열린 듯 악몽 같은 영화가 막을 내린 듯

인생의 손실을 만회하듯 폭죽을 터뜨리고

더도 말고 이전으로만 돌아가게 해달라고
덜도 말고 팬데믹 이전으로만 돌아갈 수 있게 해달라고
염원하고 간절히 기도하고

이제 돌아올 수 없는 강을 건넜다고
우리 스스로 저지른 일 돌이킬 수 없다고
지구는 이미 파산선고를 받은 난파선이라고
모든 질서는 붕괴될 거라고
더이상 예전의 시간으로 돌아갈 수 없을 거라고
생각을 바꾸고 새로운 정상을 만들고
이제 스스로 삶을 변화해야 한다고
더이상 이런 식의 잔치를 자살행위라고
잘못된 길로 들어섰다고 이렇게 살아서는 안 된다고
우리의 다음 세기는 중세기가 될 거라고
숙연하더니
엄청 숙연하더니
조금 숙연하더니

대낮 거리에도 정적이 검은 모포처럼 펄럭이고
경광등 불빛 사이렌 소리 저승의 오로라처럼 휘감기고
전신을 무장한 자들이 공포영화처럼 어둠의 성을 지키고

그러나 사람들의 염원은 단 하나, 더 견딜 수 없다고
이전으로 돌아가고 싶다고
이전의 일상으로만 돌아가게 해달라고
기도는 오직 하나 무엇을 감수하더라도

그 이전이란 재앙의 그림자가 어른거리던 무렵
그 이전이란 종말의 검은 바람이 불기 시작하던 때
그 이전이란 바로 지옥문이 열리기 하루 전의 시간

그래도 돌아가게 해달라고 그 길뿐이라고
우리를 갇힌 시간에서 구원해달라고
빙하에 갇혀 빙하를 안고 살아갈 수 없다고
빙하를 녹일 축제를 열고 싶다고
인생을 낭비할 수 없다고 밀린 잔치를 벌이고 싶다고

그게 전부였다는 걸 우리는 알았네
그게 전부였다는 걸
우리가 가는 길이 틀리지 않기를
어쩌면 그 문이 열리지 않을지도 모를 일을 믿으면서

그들도 지금 이곳에

길모퉁이에서 또 똬리를 튼 자와 마주친다
산과 개울 사이 작은 길을 수시로 지나야 해서
그가 무엇에 열중하고 있었던 모양인데
이웃만큼 자주 마주치지만 뱀은 대가리를 쳐들고
온몸을 부르르 떨며 나를 향해 몸서리를 친다

　도대체 저런 게 세상에 왜 존재하는 거지
　저 혐오스러운 낯판때기 좀 봐 팔을 흔들며 걷는
　소름 돋는 몸짓 좀 봐 저 목구멍에서 나오는 소리는
　꼭 지옥에서 울리는 비명 같지 않은가
　저런 게 세상에 왜 필요한 거지

공포에 질려 쏘아보는
불에 달군 쇠구슬 같은 저 눈알
　오래 이웃에 살았지만 우리 사이에 어떠한 관계 개선도
없이
　말 한마디도 몸짓 하나도 번역되지 않는
　우리 사이 결별과 저주밖에 없다는 듯이

차라리 뱀을 키워보는 방법은 어떨까
아니면 뱀 요리를 먹어보든가
주먹도끼를 든 사람들은 잡아먹으면서 존중하고
잡아먹으면서 숭배했다지

관계를 생각하지 않은 관계도 있지
관계를 맺을 수 없는 관계도 있기 마련
세상이 우리를 위해서 존재하지만은 않는다는 뻔한 사실
문을 열어주지 않는 저편에 또다른 무수함이
존재한다는 사실 끔찍하면서도 숭고한 저들이
우리가 혐오해 마지않는 것을 지극히 존중하고
사랑하는 존재들의 세계가 지금 바로 이곳에 있다는 사실

완전히 다르면서 그 반대편에서 너무도 닮은 우리
경이로움과 증오는 하나의 감정일지도 몰라
범접할 수 없는 것에 숭배하는 것은
또다른 관계를 맺자는 청원일지도 몰라
어쩌면 넌 나를 경이롭게 보고 있었던 거냐?

겨울꽃

십일월 마니산 마른 잎 밟고 오른
산행길에 진달래꽃
떨어질 낙엽도 없는데 바람은 상수리 빈 가지
아프게 흔드는데
그늘에 숨은 나무 바위 아래 키 낮춰
해맑은 꽃송이 내걸고 있는 정신 나간 봄꽃

철 모르고 핀 건가 여태 기다린 건가
표정은 봄꽃 그대로 속살 내밀어 보이지만
속으로 차게 울고 있나
저 아래 텅 빈 검은 갯벌 바다
새들도 돌아가고 때 저문 지 오래인데

바다 건널 뱃길도 끊겼고
북으로 달려갈 꿈도 접어야 하는데
오지 않는 무언가를 기다리느라
계절을 살아보지도 못했는지

매양 꽃 피워 그대 맞이할 생각뿐이었는지

다 떠나고 저문 뒤에도
피어날 꿈 그것 하나만 남아
이렇게라도 허공에 피워두어야 하리
세월의 허기를 허공에 묻어두고

그러지 않나 누구나 그러지 않나
그 쓸쓸한 길을
누구나 겨울꽃 하나 품고 가지 않나

닭 모가지를 비틀면

닭의 모가지를 비틀어도
새벽은 온다지만

부르지도 않는데
오는 것은 없다

그 부르는 소리는
아직은 이름이 아니지만

새로 오는 것은 언제나
외마디 이름으로 온다

아무도 울지 않으면
광야는 열리지 않는다

바람도 울고 새도 울고
풀들도 울어야 한다

아무도 울지 않는데 오는 새벽은

멸종의 새벽이다

닭의 모가지를 비틀면
새벽은 오지 않는다

쌀의 인류

화물차에 실려 한두집 떠나더니
잠시 아들네 집 다녀온다던 만수 영감도
수술하고 금방 돌아온다던 염소집 할매도
딸네 집 가서 겨울 나고 설 대목 안엔 꼭 온다던 샘골댁도

가곤 오지 않는다 이 마을 실거주자는
묶인 개 한마리와 감나무 까치집 까치 두마리
아랫마을 이장집 사위 되는 이가
어쩌다 경운기 끌고 잠시 다녀가고
개밥 주러 온 승용차가 어쩌다 휑하니 다녀가고

마당엔 털다 만 깻단들 바람에 뒹굴고
미처 거두지 못한 빨래가 말린 북어처럼 달려 있고
언젠가 다시 돌아올 거라던 자식들도 늙어
텃밭에 무 배추 갈아놓았지만 거두는 이 없고

어둠이 와도 불 한점 켜지지 않고
찬 바람 불어도 연기 나는 굴뚝 하나 없고
얼룩투성이 달은 깨어진 슬레이트 지붕에 붙들려 있고

허물어진 돌담 위에 부엉이 유령처럼 내려와 울고

시린 초겨울 퉁퉁 부어 있는 검푸른 하늘
풀 죽어 찌푸려 있는 주인 없는 장독들
녹슨 무쇠솥과 무너진 돌담
사람들을 보살펴온 그들도 이제 주인이 아니고

마른 논에 벼 그루터기 낙곡에서 싹이 튼 벼들
쭉정이 달고 웃자라 있는데
그걸 보니 알겠네 마을이 비어버린 이유를
사람들이 도시로 떠나서가 아니라
쌀이 먼저 떠났기 때문이네

수천년 동안 우리의 밥이었고 목숨이었던 쌀
마을도 인심도 풍습도 쌀로 지어졌지만
마을의 유구한 역사는 쌀의 역사였지만
들도 개천도 둥근 달도 쌀로 지어졌고
한톨이라도 버리면 벌 받던 쌀이었지만

쌀의 자식들은 더이상 태어나지 않고
밥은 밥상에서 밀려나고
쌀은 이제 밥이 아니고
다 지은 논을 트랙터로 엎어버리고
상여처럼 떠나갔네 쌀이 떠나갔네
이제 믿지 않을 수 없네
쌀의 인류가 멸종하는 세기를

제 3 부

감염

내가 들어서자 서둘러 녹음기를 끄는데,
사이비 냄새 묻은 설교 테이프인 것 같았다

그동안 두번은 더 갔을 터이나 오랜만에 간 단골 이발관
이발사는 참고 참았던 말을 한마디 내뱉는데,
　―인간이 바이러스보다 못나서 생긴 건데 어쩝니까!

바이러스보다 인간이 못났다?
나는 뻔한 다음 말을 기다렸다 개 하품을 하면서
인간이 저지른 재앙인데 누굴 탓하겠냐고,
이어지는 말은 뻔히 이렇게 나올 줄 알았다

그 문장이 팬데믹 시대 최고의 작문이기에
죄의식을 적당히 덜어주고
대속의 만족감도 덤으로 얹어주기에

그러나 그는 내 예상을 완전히 벗어나 전혀
다른 말을 내 뒤통수에 내던지는 것이었다
　―인간의 생각이 바이러스보다 못해서 생긴 재앙이

지요!

아니, 바이러스가 생각의 일종이라고? 나는
화들짝 놀라 그렇게 묻고 싶었으나 꾹 참았다
바이러스보다 열등한 생각들이 세상을 떠돌다
우리를 병들게 한다? 사람들은 그 생각에 놀아나고
열광하고 심야토론에서 맞붙어도 바이러스에게 깨진다?
뭐 대충 이렇게 된단 말이죠?
궁금했지만 나는 말을 꾹 참았다

나는 점점 불안해졌다
저 현란한 인간의 문장들이 열대우림을 짓밟았다?
고도비만의 문법들이 영구동토층을 녹이고 있다?
바이러스보다 전염성 강한 말들이 지구를 파먹었다?
잔뜩 궁금했지만 나는 다시 꾹꾹 눌러두기로 했다

진리고 나발이고 나는 그가
제발 입을 좀 다물기를 바랐다
시급한 진리는 지금 코앞의 침묵이다

그가 내 머리 위에
비말을 폭풍처럼 뿌려대고 있었기에

곁에 있어주는 능력

집을 나서도 그만이고 누워 있어도 그만이지
달력에는 3월인데 가을이어도 상관없어
가서 시간이나 때우면 밥은 굶지 않지
티브이는 끝도 없이 먹고 마시고 이유도 없이 배를 잡고
웃고
안에는 식은 기계가 독거 중이고
밖은 공회전하는 기계가 소음으로 적막하지

외부의 적에게 침략을 당한 것처럼 말하지만,
기계가 사람이 할 일을 빼앗고 지능까지 갖춘 기계가
사람을 필요 없는 존재로 만들 거라고

차가운 육체라고? 영혼이 없다고?
감정이 없다고? 예술을 모른다고? 사랑이 없다고?
뭔가 계속 사람이 더 우월한 걸 찾아 떠벌려보지만
다 헛일이지 기계가 인간의 일을 빼앗았다고?
뭔 소리야 기계가 들으면 화를 내겠군

인간이 선망하고 닮고 싶어 안달한 것이 사람이었어?

신이었어? 위대한 인간이었어? 인간다운 인간이었어?
무한경쟁은 누가 기계에 더 근접하나
불철주야 대가리 싸매고 기계 되기를 헌신하고
법 기계가 대통령이 되는 세상에
AI가 대통령이 되는 세상이 그보다 훨씬 낫지
가히 기계세가 도래했다고 말해야 하지
인류세는 지나갔다고,

기계라는 스승에 효율이라는 성과임금에
책이라곤 사용 설명서나 팔리는 세상에
인간을 덜어내고 기계를 주입하는 것이
인간세의 우성 유전자
인간 따위가 왜 필요해 엄연한 기계세에
더이상 인간이 될 이유가 어디 있어 골치 아프고
변덕스럽고 잔인하기까지 한 인간이
인간 닮은 기계는 없지 기계 닮은 인간 투성이지

멈추고 벗어버리고 덜어내는 특권이 있지
아무것도 하지 않을 능력 말이야

그보다 멈춘다는 걸 이해하는 능력 말이야
그리고 네 곁에 내가 있어주는 일이지
곁에 있어주는 능력 말이야

강변은 어디에

1

어릴 적 살던 집은 강과 멀지 않았지만
강변이라고 하기에는 조금 먼 곳
방천둑 없던 시절엔 큰비 아니라도 물이 들어왔던 곳
피난민들 임시 천막 치고 거지들 움막 지어 살던 곳

소월의 「엄마야 누나야」는 단 네줄이지만
어쩌면 그보다 더 길었을 수도
강변엔 사람이 살 수 없는 곳인 줄 그 아이도 잘 알았을 것

나라를 빼앗겼으니 아빠가 없는 집
집마저 잃어 살던 곳을 떠나야 했는데
어쩔 수 없이 강변에 천막이라도 치고 살아야 할
처지에 아이가 상처받을까봐 감춘 엄마에게
아이는 모른 척 엄마를 위로할 말을 찾았지

2

어릴 적 나의 첫째 놀이터는 강변이었지
종종 크레파스 들고 가서 그림을 그리던 곳

그리다 매번 강바람 때문에 마저 그리지 못했지

그곳 바람을 나는 아직도 잊지 못하지
갈대숲을 뱀처럼 헤치며 지나가던 바람을
잔물결 흔들며 물 위에 불던 시린 바람을

그 강변 갈대숲에는 움막들이 생겼다 없어졌다 했지
그곳에 거지 부부가 살던 움막 하나 있었지
그날도 남자가 동냥을 얻어 와 불을 피우더니
연기를 타고 갓난아이 울음소리가 났지

아직도 어디선가 갓난아이 울음소리 들릴 때면
물 위를 지나는 바람 소리 들리지

　　3
아이는 모른 척 노래 불렀지
그런 강변이 좋다고 엄마와 누나를 졸랐지

바람의 집

밖에서 여러겹 문을 걸어 잠근
벽에 갇혀본 사람은 알지

우리의 폐는 여름 나무에 가득 매달린 나뭇잎
바람에 흔들려야 숨을 쉴 수 있다는 것을

마음도 광활한 대지에 핀 한잎 풀잎
바람은 말달려 저 너머로 실어다준다는 것을

높은 그늘 흔들어 바람은 낮고 어린 목숨들에게
햇살 젖을 나누어 먹이지

소리도 공기가 아니라 바람을 타고 들어오지
말들도 폐에서 걸러내어야 하지

몸은 바람이 잠시 실어다준 퇴적암
그곳에 바람이 돌아다니는 길이 없으면 깨어나지 못하지

안팎에서 문을 걸어 잠근 저 너른 도시에 가면

나는 또다시 폐소공포증이 재발하네

우리가 숨 쉬는 것은 공기가 아니라 바람이라서

이빨

깊은 밤 소란스러웠던 건
뒷마당까지 내려온 산짐승 때문
기르던 개가 자기보다 덩치 큰 고라니를
피투성이로 만들어놓았기에

너 오늘 죽어봐라! 몽둥이를 들고
발을 구르는 내 발밑에서
발랑 배를 뒤집고 어쩔 줄 몰라 한다 볼기 때리던
내 손을 지그시 입에 문다 개에겐 이빨이 손이다
금방 피를 묻히던 그 이빨로
내 손을 애무하듯 투정과 미안함을 물고
놓아주지 않는다

조금만 세게 물면 살을 파고들 것이지만
개는 송곳 같은 이빨로 말랑한 애정을
표현하는 방법을 안다
피를 보던 이빨이 어린 새끼를 거두는 한없이
부드러운 손길이 된다는 걸
자신도 모르게 폭발하는 분노나 증오 같은 어두운 벽은

벽이 아니라 얇은 커튼 같은 것이라는 걸

사랑은 천상의 것이 아니라
어둠의 힘을 연소시킨 것이라는 걸

거기까지는 개도 알지

사람의 한 자리

이 나라에 성공한 대통령 하나 나오지
않았다고 자책들 하지만
대통령이 성공을 해도 되는 건가?

대통령이 성공하면 어떤 나라가 되나?
국가체제가 완성되면 시민들이 살 만한 나라인가?
시민들이 성공하려면 대통령이 실패해야 하지 않는가?

사제들에 의해 왕이 주기적으로 살해되던
신화의 시대가 나쁜 시대는 아니었을 것이다
불가피하게 존재하는 왕을 불가피하게
살해해야만 하는 것은 불가피한 일이었을 것이다

그래서 정말 원하는 것은 권력의 화신이 아니라
한 사람의 인간이, 인간의 단 한 사람이
필요했던 것인데
거울처럼 지키고 있을 사람의 한 자리가
비어 있었던 것인데
그래서 실패는 불가피한 일일 것인데

그들이 계속 오해하는 건 무슨 성공을 바라는 일
나라를 이끄는 데 성공한 자리라는 생각
국민을 통치하는 데 성공한 자리라는 생각
그러나

그 자리는 인간이 비어 있는 자리이기 때문인데
자신의 그 자리가 가해자의 성공의 자리라는 걸
안다면 성공이 의미하는 것이 무엇인지
폭력을 독점하지만 자신에게는 쓸 수가 없으면서
무얼 성공하려는지

사람들이 어떤 허구를 붙들고 살아가는지
국가는 누구에게는 얼마나 잔인한 도구인지
우리가 얼마나 간신히 우리로 살아가는지

그 자리에 사람의 자식이 비었다는 것인데
우리가 얼마나 안으로 망가진 세상을 살아왔는지
겉은 멀쩡해도 간신히 버티는 삶들이 얼마나 많은지

얼마나 희미한 것들을 붙들고 살아가는지

얼마나 간신히 붙들고 버텨야 하는 사람이 필요한지
성공이란 얼마나 다른 성공인지
얼마나 오물을 뒤집어쓰는 성공인지

얼마나 하찮은 믿음에 기대어 살아가는지
얼마나 작은 위로로 하루를 버티며 살아가는지
이해할 수 없다는 자가 도무지 이해가
안 된다는 자들이 어떤 성공을 원하는지

한걸음도 물러설 자리가 없는 삶들은 왜 그런지
하루에도 마흔명 넘는 사람들이 왜 목을 매다는지
하루하루 소멸을 버티며 사는 사람들이 얼마나 많은지

손을 내밀어야 하는 자리가 비었다는 것인데
그들이 어떻게 항상 가해자의 자리에 있다는
사실을 잊어버리는지
사람들이 얼마나 희미한 온기를 붙들고 살아가는지

그 희미한 것들을 걷어차버렸을 때
그 하찮은 것들의 손을 뿌리칠 때 무슨 일이 기다리는지

얼마나 기괴하고 참혹한 일들이 일어나는지
참담한 일들은 왜 일어나는지 도무지 이해되지 않는
일들이 왜 일어나는지 사람의 한 자리가 빈 사이에
도무지 이해할 수 없는 일들이 왜 일어나는지
얼마나 희미한 한 자리가 비어 있는 것인지

사람들이 얼마나 희미한 온기로 연결돼 있는지
우리가 얼마나 간신히 우리로 살아가는지
그들은 왜 성공을 해야 하는지

대리모

아이들 머리통만 한 배 하나 받아 든다
어디서 달려왔는지
불룩한 배는 가쁜 숨을 몰아쉬고 있다

열매가 달려온 곳을 떠올려본다
젓가락보다 가는 꼭지에
터무니없을 만큼 큰 열매를 매달았을 나무를
간신히 떠올려본다 열매가 달려 있던 자리를

바람에 몸을 흔들어보지도 못하는 나무
햇살에 머리를 풀어 헤쳐보지도 못하는 나무
쇠파이프에 묶이고 쇠줄에 감긴 나무

자기 몸을 자기가 가질 수 없는 나무
열매의 무게에 찢어지는 팔을 가진 나무
겨울 언 땅에 발등이 터져 있던 나무

생식기만 있는 나무
아기집만 있는 나무

나무를 기억하지 못하는 열매
가쁜 숨을 몰아쉬며

오직 접시 위에 놓이기만을 위해 달려온 길
칼을 들다 나는 몇번이고 손이 저리다

저들에게도 손이 있어

어제처럼 그 자리 그대로 놓여 있던
살림살이들이
저리 시무룩하다
선반 위 컵들 냄비들 건조대의 식기들도
온기가 빠져나간 듯이

환하던 전등도 침침하게 식었다
현관엔 어제까지 멀쩡하던 슬리퍼
버려야 할 만큼 낡아 보이고
뿌연 유리창은 햇살을 피해 돌아앉았고
이부자리들은 환자처럼 기척 없이 누웠고
식탁은 불구가 된 듯하고

어제까지 손길을 기다리던 저들
버릴 것 하나 없이 제자리에 있던 것들
손이 가면 금방 제 몫을 하던 것들
안 보이면 온갖 구석을 다 뒤져 찾고
깨어지기라도 하면 가망 없는 것을 맞춰보며
속상해하던 물건들

망가질까봐 싱크대 깊숙이 아껴두었던 것들
오래되었어도 손에 익어 반짝이던 것들
언제나 손길에 깨어나던 것들이

한 사람이 떠나고
한 사람만 남은 집에
멀건 개숫물에 잠긴 듯 식어버린 살림살이들

저들에게도 눈이 있어
온기를 받아주는 손이 있어
그 집을 살아주고 있었지
사람들의 손길 받아 살림을 살아주는 손들이 있어서

신라의 달밤

경주 남산 자락이었네 조용한 식당 창가에
중년의 부부가 늦은 저녁을 먹고 있었네
손님은 그들과 나밖에 없고 창밖엔 산그림자가
짙어지고 있어 식당은 상자처럼 작아지고
그들은 액자 속에 담긴 듯했네

여자가 훨씬 젊어 보였는데 자세히 보니
몸 전체가 창백했기 때문이었네 남자가 일일이
덜어주고 옮겨주고 자세를 고쳐주고 입을 닦아주고

하지만 어쩐지 이끌고 부축하는 사람은
줄곧 남자가 아니라 여자 같기만 했네

계산을 마치고 남자가 여자를 업고
야외 테이블에 앉혀놓고 차를 가지러 간 사이
남산에 달이 떠오르고 있었네
여자는 떠오르는 달을 보고 손을 모으더니
남자가 오자 들뜬 목소리로 말했네

저그 바봐, 금오산에 다 쫌 바봐!
남자의 등에 업혀 가며
쩌기 보란 말이야, 신라의 다밤이잖아!
여자가 남자의 어깨를 쾅쾅 두들기며
쩌길 봐, 쩌길 보래도…

달빛에 그늘 더 짙어지고
그들이 떠난 빈자리에
조용히
나의 불구가 거기 앉아 있었네

부축해본 적 없는 그것에게 이제 집에 갈까?
말을 걸어보네
나를 부축해 온 나의 불구에게

너를 부를 수 없어

설이 코앞이라 차례상에 올릴
술이라도 살 겸 들른 대형마트
정육 코너 옆에 난데없이
동백나무 화분을 팔고 있었는데,

꽃봉오리 제법 붉은빛 번지고 기름 먹인 듯 잎도
번드르르했지만 어쩔 수 없었지 그중 한 아이
나를 따라오고 싶어 했지만,

봄날 시골 장터 라면 박스 속에 오글오글
봄빛 얹어 만원에 팔던 강아지들
박스 타 넘어 낑낑 나를 따라오려던 그 점박이처럼

너는 내 집이 궁금하지 나도 네 꿈이 궁금해
내 집은 북향으로 앉은 집
고도는 높고 겨울은 길고 그늘 많은 집에
몇번 동백을 심었다가
겨울을 나지 못하고 다 죽고 말았으니

데려가지 못해 접은 마음 종일
보채어 다음 날 다시 가서 데려오는 길에
들뜬 꽃 볼 마음 밀어내는 아픔들 밀려왔어
내 집에 온 이들 곁에 두고 싶었던 그들
오래 머물지 못하고 모두 떠나갔는데

동백나무 고도 한계선에 있는 집에
부서져 떠밀려온 내 삶의 유곡에
오지 못할 줄 알면서도 기다림이 끝나지 않은 집에
피할 수 없는 고갯길에 앉은 집에
이제 더 볼 것도 없지 그래 갈 데까지
가보는 거다 각오는 하고
기다리다 얼어버린 땅을 파야겠어

그렇게 말한다면

하늘 가득 붉은 노을을 보면 누구나
아 좋아, 누가 그린 듯해,라고 말하지
꽃을 보거나 별밤 하늘을 올려다보면 누구나
정말 좋아, 아름다워,라고 말하지

좋다는 말은
내 안에 그냥 담아두고 싶은 감정이지
좋아, 그러고 나면 다른 말을 가져오지 못하지
독백은 가지고 싶어 하는 감정을 유발하지

좋다는 말은 사실 신들이나 하는 말이지
최종적 선언이니까
학살자들이나 독재자들이 하는 말이지
완전히 결과적이니까

우린 말을 제대로 배웠을까
왜 듣는 이들에게 말하지 않을까
나에게 좋아,라 하지 않고
그들에게 고마워,라고

그 말에 놀라 노을은 색깔을 바꾸지
그 말에 가던 길 멈추고 뒤돌아본 저녁 강이 있었지

기원의 역사

반구천 암각화 앞에서

사랑에도 기원이 있다면 그건

그대를 부르는 간절한 나의 음성에 있고

말에도 기원이 있다면

들뜬 심장에서 붉게 피어나는 정념에 있고

정념에도 기원이 있다면

나로부터 결핍으로부터 딛고 설 수 없는

미끄러짐으로부터 도피하려는

다른 무엇이 되고 싶어 안달하는

좌절된 열망들에 있고

그래서 나의 절망은 언제나

떠나지 않으면 존재할 수 없어서

언제나 내가 사라진 다음에야

다른 무엇이 된 뒤에야

이곳에 어렴풋이 존재할 수 있어서

나의 외로움은 안간힘을 써도 언제나

아주 조금밖에 나를 수습할 수 없어서

누구였을까 물결 위에 피었다 바람에 지는 꿈들을

처음 바위에 새기려던 자들은
돌아서면 다시 고쳐 써야 하고
자고 나면 박박 지워버리고 싶던 말들
누가 처음 바위에 붙들어놓으려고 했을까
바위를 향해 이건 ‘나’라고 처음 외친 자는 누구였을까
자아에도 기원이 있다면
풀잎처럼 피어나는 시의 마음이었으리

사랑은 사랑을 모르지

*

소들이 종일 하는 일은 마른 짚을 씹는 일
수행자처럼 무슨 임무를 부여받은 노동자처럼
묵묵히 먹고 되새김질하는 일

하지만 저들을 지켜보고 있으면
소는 맛있는 걸 종일 배불리 먹고
똥이라는 쓰레기를 싸고 있는 것이 아니라

거칠고 딱딱한 걸 갈아 소화액을 섞어
말랑하고 촉촉하고 부드러운 똥을 만들어
어린 생명들이 먹을 밥을 짓는 것만 같지

소는 그 사실을 잊고 있을 테지만
태양도 자신이 하는 일을 모르지

축복처럼 대지에 골고루 빛을 나누어주는 게
아니라 자신의 몸에 붙은 불이 뜨거워

사방에 불을 뿌려대고 있는 것일지도 모르지만

그 따스함으로 사랑을 피워내고
그 빛으로 신을 만나게 될 수도 있지

*

어느 날 한장의 사진 앞에서
말을 잃은 적이 있지 팔레스타인
북부 가자시티 끝없는 잿빛
끝없는 폐허
서 있는 것은 모두 파괴되고
수만명이 폭격에 사라진 도시 전체가
거대한 잿빛 무덤

무신론자도 신을 발견할 것 같은 도시
하늘에서 불과 유황을 퍼부어
모두 태워버린 소돔이 여긴가

이곳의 모든 것이 위대하지
한줄로만 기록되는 역사처럼 위대하지
너무도 위대해서 저 수많은 목숨들은
위대한 자들의 순장자에 지나지 않지
사랑도 정의도 신의 이름으로 위대하지

*

하지만 사랑은 사랑을 모르지
사랑은 태양처럼 위대함을 모르지
그대가 버린 것이 내가 얻는 기쁨이 되기를
나의 타락이 그대가 얻는 선함이 되기를
그대가 버린 지푸라기가 내가 얻는 수프가 되기를
나의 부족함이 그대의 완전함이 되기를

한울님을 부르는 자에게 한울님은 말하지
네가 한울님이라고

한울님은 한울님을 모르지

사랑은 사랑을 모르지

돌아가고 싶지 않았다

이 도시에 하나뿐이던 도서관의 직원들은
우리보다 두시간은 늦게 출근해서
세시간은 먼저 퇴근했지 공휴일마다
쇠사슬로 채웠고, 그들은 우리가
도서관에 갈까봐 경비를 서는 사람들 같았지

우리들 도서관은 공단 거리 하나뿐이던 책방
세명이 들어가면 그득하던 책방
끈을 달아 벽에 매달아놓은 외상 장부가 있던,

왼쪽 벽 책을 고르던 내 엉덩이가 오른쪽 벽
책을 보던 여자 엉덩이와 마주쳤지만
뒤돌아보지도 않았을 거야 별거 아니니까
하나뿐인 백열등은 희미했고
늦은 밤 우리는 피곤했고 그 시절엔
엉덩이가 그리 대수로운 신체 부위도 아니어서

말수 적은 그 여자는 또래들과 노는
방법을 잘 모르는 것 같았지 책을 즐겨

읽는 것 같지도 않았고 이건 어때요, 저 책은요,
묻기도 했지만 쇳가루에 기름때 얼룩을 입은 내 얼굴은
뽀도독 소리가 날 것 같던 그 피부가 불편했어

겨울비에 젖은 자전거 퇴근 행렬이 책방 앞에 이어졌지
겨울이 오기 전까지 일곱명이 사고로 죽었다는데
올해는 적게 죽었다고 술자리 노동자들이 말했지
만삭의 주인은 책방을 내게 맡겨두고 계모임을
다녀와서는 고맙다는 말 대신에
그 아이 말이야 여상 졸업할 때 주산이 칠단이래,

그리고 오랫동안 나는 책방엘 가지 못했지
아무런 전화도 받을 수 없었어
화물선을 타고 나는 먼바다를 항해하고 있었지
북해로 가는 거대한 고래떼를 만나기도 했지
무리에서 빠져나와 배를 향해 고개를 흔들며
뭔가 전하고 싶어 하던 고래는 귀신고래 같았어
그들을 따라가며 나는 중얼거렸어
돌아가고 싶지 않다고, 다시 돌아가고 싶지 않다고

배는 항로를 바꿀 수 없었지만
나는 나에게로 돌아가지 않기 위해
꿈은 자주 먼 북해를 떠돌았지
버릇처럼 자주 길을 버려야만 했지
그건 여태 나를 바람 앞에 세워놓는 일이었지

제 4 부

헛꽃

비탈진 산에 오두막 하나 지을 땅 고를 때
시골 장 가서 사다 심은 불두화 한그루
이제 지붕에 닿을 듯 자라 봄마다 가지
휘어지도록 구름꽃 숭어리 숭어리,

부푼 이 꽃들은 그러나 모두 헛꽃
향기도 열매도 없는 빈꽃
구름처럼 부풀어 흩어지는 한숨꽃

그리움이 키워 피워내는 꽃
담 너머 키를 높여 누굴 기다리다
아쉬워 끓는 숨결 토해내다 져버리는 꽃

기다림은 하염없고 열매도 기대도 없이
가망 없는 열망의 공허한 강박처럼 피는
이제 내 집이 되어버린 헛꽃

장미는 아니지만
사과나무는 아니지만

꽃인 채 매년 피어난다는 건

매년 꽃으로 돌아온다는 건

꽃으로 피어 꽃으로만 진다는 것

꽃이었다가 뒤돌아보지 않고 다시 꽃이 되는 꽃

그렇게 불가능한,

오지 않는 그대 앞에 선다는 것

정신을 놓아버릴 것 같은 폭염이

창원 가는 길을 가르쳐달라고 했다
정신을 놓아버릴 것 같은 폭염의 아스팔트에 내려
걸음걸이만 이상한 게 아니었다
여기저기 헐거워져 있었다

마스크를 내리지 않았다면
모서리가 깨어진 그 말들을 알아듣지 못했을 것이다
낮 최고기온 39도라 했다
그 먼 창원 가는 길을 예서부터 물을 일인가
좌회전 신호 받고 두번째 사거리서 우회전해 부산 가는…
내 말을 듣다 말고 고개를 저으며 꺼져라 한숨이다

차는 고급차인데 헤드라이트 한쪽 반사경이 깨져 있었다
그의 왼쪽 눈동자도 회색이었다
서 있는 것도 버거워 보여 앉으라 했더니
거리를 둬야 한다고 마스크를 다시 썼다
내게 안간힘을 보여주고 싶어 했다

초행길이냐 물었더니 전에 살았던 곳이라고

얼마 만이냐 물었더니 대답 대신 식은땀이다
생수병 건넸으나 바싹 마른 입 그냥 내버려두라면서
기침을 또 해댄다

가긴 가봐야 하는 길인데… 거기까지만 말했다
가면 뭐 하나 누가 반긴다고… 거기까지만 말했다
내비도 있을 터인데 딱히 길을 잃은 것 같지도 않았다
내게 길을 잃어버리는 방법을 묻고 있는 것 같았다

국수 먹고 가라 했더니 그제야 물이나 좀 달라고 한다
정신을 놓아버릴 것 같은 폭염의 아스팔트를 타고
조수석에 코로나를 태우고 그는 떠났다
가봐야지 어머니가 돌아가셨다는데

멈추어서 할 일들

무엇을 해서가 아니라 무엇을 하지 않아서지
하늘이 푸르른 것도 별이 빛나는 것도

꽃이 눈부시게 아름다운 것도 무엇을 하지 않아서지
초록의 나무가 저리 빛나는 것도

검은 빛을 쏘아 마법처럼 무대를 감추려는
발명가들이 있었지만 모두 실패했지
검은 빛은 없으니까 빛이 없는 곳이 어두울 뿐이니까

에어컨은 찬 바람을 만들어내는 장치인 줄 알지만
더운 열에너지를 밖으로 방출하는 기계지

사람이 무엇을 하면 할수록
왜 무엇을 할 수 없는 땅이 되어가는지
우리가 저 말 없는 바깥 것들과 싸우면 싸울수록
왜 우리들과 싸우는 일이 되는지

하지 말아야 찾아오는 새가 있어

멈추어야 자신을 보여주는 꽃이 있어

나무가 하는 일 강물이 하는 일
멈추어서 부지런히 해야 할 일들이

누가 나를 깨운 걸까

밤 기차 타고 간 번잡한 장례식장
정권만 바뀐 줄 알았는데
애도의 국면도 바뀌었다

권력이 아직 먼 곳에 있었더라면
젖은 마음 여미고 왔을 것이나
관등도 없고 전직도 없어서
관변 요식행위다

조문 온 전직 민주 인사들
어용 인사 바꿔 달고 관제 조문이다

그는 죽어서도 아직 죽기 이르지만
죽자마자 서둘러 죽은 자가 되었다

지하철 막차도 떠난 시각
밤길을 걸었다 몇번 길이 헷갈리고 인적 끊기고
독립문이 나타나고 경찰청이 보이고 외국인 노동자
네댓이 골목길에 숨었다 봉고차를 향해 급히 뛰어가고

앰뷸런스가 몇번인가 귀를 찢으며 달려가고
갈림길에서 멀리 교보빌딩 글판이 등대처럼 켜져 있고
길가 계단에 양복 입은 사내 덩치 큰 가방 앞에서 졸고
있고
멀리 남대문이 공중에 떠 있었다
서울역 시계탑은 새벽 두시
첫차는 여섯시

광장에 하나뿐인 불빛
롯데리아 가서 햄버거 두개 사 들고
야전병원처럼 좌우 도열한 노숙자들
널브러진 지하도 바닥 한 모퉁이 얻어서 누웠다
노숙은 노숙인데 별은 보이지 않는다

꿈결인 양 부르는 소리에 놀라 깨어
새벽 기차에 오르는 시간

남쪽이 고향인 그도 이 시간 떠날 채비를 하고
역에 나오셨을까, 누가 날 불러 깨운 걸까

한국 방문을 마치고

머문 채 떠나간다
멀어진 도시와 사람들이 조그맣게 보인다

한국 방문을 마치고 이제 돌아간다
아침 신문에서 읽었던 어떤 여행객의 글 제목이 떠올랐다
마침 그 문장이 떠오른 건 우연이 아니다
수없이 울려대는 재난 문자는
내가 누워 있는 곳이 집이 아니라
플랫폼이었다고
나도 한국 방문을 마치고 돌아간다

내가 살아온 곳이 방문지가 되어버린 건 언제부터였나
아니, 그걸 자각한 때는?
떠난 지 오래인 고향도 그보다 더 오래 살아온 도시도
기억 속에서 거듭 떠나갔다

그 많은 선거를 치르고도 수없이 많은
변하지 않은 혁명을 겪고도
아직 한국인 것도 이상한 일이다

부모도 내가 알던 사람들도 죽고 떠나고 등을 돌리고도
아직도 여기가 내가 사는 곳이라는 것도 이상하다
정착민은 삶도 부동산처럼 주저앉히려 하지만

이방인은 아니다
그저 떠돌았던 유목민이었을 뿐이다
방문을 마치고 나는 또 돌아간다
처음 발 딛는 곳으로
돌아가는 곳은 언제나 처음 가는 곳이다
내 의지가 아니라는 것이 분명하다

주인 잃은 저들이 비바람 속에서

나흘 비운 집에 돌아온 날 아침
잠긴 문 돌담 위에 우편물이 놓여 있었다
간밤 요란한 천둥과 함께 쏟아진 비에
흠뻑 젖은 시집도 한권 있었는데*

물기 가시도록 마른 수건 위에
올려두었다가 저녁이 되어서야 펼쳐보았다
표지를 넘기자
젖은 메모지가 부고처럼 붙어 있었다
　─출간을 앞두고 오랜 병고 끝에 우리 곁을 떠났습니다

그녀가 낳아놓은 시들이
어린 강아지들처럼 찬 바람에 종종거리며
불 꺼진 낯선 집 앞에서
비바람 천둥의 밤을 꼬박 새웠을까
　─저희의 슬픔을 너그러이 헤아려주십시오

젖은 시 속을 헤아리고 헤아려보았지만
나는 생전의 그를 모르고

시는 시를 쓴 사람과 별개일까 아닐까
자신을 다 바쳤어도 자신을 비켜가버리는 그것

내 고향에는 오래된 시 무덤이 하나 있지
임진왜란 때 싸우다 죽은 의병장
적진에 있는 그의 시신을 찾아올 수 없어
그가 쓴 시와 그를 아끼는 사람들이 쓴 시를 묻어
봉분을 만든 것인데
시 아닌 그 무엇도
그 사람을 대신할 수 없었다는 것인데

젖어가는 수건처럼 나도 젖어가고
그는 나를 본 적 없지만 나의 슬픔은 그의 슬픔을
오래전에 만난 적 있어
내 집 빈방에서 온기를 얻어
슬픔 조금 말리고 갈 수 있기를

* 김길녀 유고 시집 『누구도 시키지 않은 일』, 애지 2021.

버스를 타고 가듯이

버스를 타고 가다 잠자듯 죽은 사람이 있다는데
그의 목적지는 어디일까
자기 죽음을 자기가 실어다준 곳은

삶을 내가 결정할 수 있다면
죽음을 내가 결정하는 것은 잘못이 아닐 것

삶은 해석되는 것이 아니듯이
우리는 죽음에 대해서 너무 많이 알고 있는 것은 아닐까

무슨 말로 죽음을 말할 수 있을까
우리의 말은 살아가는 데 쓰는 도구
곡괭이와 호미는 노동의 도구이듯
연회장에 곡괭이가 소용없듯이
노래하고 춤추는 데 호미가 필요하지 않듯이

그냥 하는 소린가 죽음도 삶의 일부라고?
그건 타인의 죽음을 두고 하는 말
타인의 죽음 앞에 삶은 얼마나 선명한가

죽음을 내가 결정하지 못하면
죽음이 얼마나 누추해지는가

버스를 타고 자기 죽음을 자기가
싣고 갈 수 있다면

내가 내 죽음을 싣고 가는 것이 죽음일까?

길을 정지시키고

길을 가던 한 여인이
풀이 자란 갓길에 멈춰 서서 아래를 내려다보고 있다
허리를 숙였다가 쪼그려 앉았다가 좌우로 돌았다가
뒤집어 보려는 듯 고개를 꼬았다가
귀한 풀을 본 걸까 이상한 풀벌레를 본 걸까
작고 작은 꽃을 찾은 걸까

무엇을 발견한 걸까 무엇이 궁금한 걸까
잃어버린 무엇을 찾는 건 아닌 것 같은데
바로 옆에서 차들은 쌩쌩 달리고 있는데
어떤 아름다움에 홀려서일까

길은 넓고 시원하게 뻗어 있고
그 누구도 멈출 만한 무엇을 발견할 수 없는
정돈되고 포장되고 속도로 밀어버린 길이다
바퀴처럼 같은 면적이 무한 반복되는 길이다
여자는 여전히 허리를 숙여 등허리
맨살을 드러낸 채 내려다보고 있다

그 무엇도 의심할 여지 없는 길이다
길은 그래서 정지된 세계다
길 밖에 무엇이 바글거리는지
알 수 있는 것은 아무것도 없다는 듯이
길은 정지되고 움직이는 것은 풀과 여인뿐이다

너를 입고

봄날 너를 볼 때마다
너를 한번 입어봤으면 그 생각이
간절했다 네 살갗 혈관에 뛰는 팔딱임까지
나비 같은 피부까지 입어보았으면

너를 보면 나를 돌아보게 되지
내가 입은 것은 굳은 각질
속살은 숨을 쉬기 거북하고
갈라지고 피딱지가 앉고
벗어버리고 싶어 안달이 났지만

눌어붙어 떼어낼 수 없었다
나를 가두고 묶는 형틀처럼 입혀져 있어
거푸집처럼 생각을 찍어내고 있어서

너를 한번 입어봤으면
분가루 같은 네 살결을 한번 입어봤으면
네게도 감추어진 슬픔이 있겠지만
언제 고치에 갇히고 말았는지

내가 입고 있는 고치를 부수더라도 이미 날개는
삭아 바스러졌을지도 몰라
마디마디 꺾여 뒤틀려 있을지도 몰라

어쩌면 늦지 않았을 거야 너를 입어보면
목련 같은 너를 입고
시늉이라도 한번 할 수 있었으면
저 봄바람에 나를 펴 널어보았으면

독도에게 묻는다

독도는 우리 땅
이라는 말은 독도는 우리의 영토
라는 말은 독도는 우리의 국토
라는 말은

독도는 우리의 부동산
이라는 말이다 독도는 우리의 고정자본
이라는 말이다 독도는 우리의 식민지
라는 말이다

무엇이 되고 싶은지
딱 한번이라도
독도에게 물어본 적 있는가

독도가 우리 것이 아니라
우리가 독도의 것이라고

독도가 우기면 어쩌겠는가?

열광을 주입하지 마라

활어차에 작은 상어나 메기를 함께 넣어두면
싱싱한 상태로 살아 있는 고기를 운반할 수 있다지

이런 따위 주장은 반박하기 어려워
믿어버리지 인간 행동의 이치도 그럴 거라고

방어진 어시장 부두에 배를 댄 내 친구
손가락 두개가 없는 고깃배 선장은
없는 손가락 흔들며 이렇게 말하지
고기가 활어차에 실리는 순간 고문이 시작되는데
공포를 조성하고 학대한다고 싱싱해지겠냐?
수족관이 무슨 호텔 휴양지냐!

사실이든 아니든 그들에게 그게 중요하지 않지
어쨌든 무리를 관리할 이론이 필요하니까
아무 일도 안 하면서 개돼지처럼 먹을 거나 찾고
채찍을 들지 않으면 나태하고
처벌하지 않으면 방탕하고
감시가 없으면 드러눕기나 좋아하는 것들에게

메기 효과는 이미 증명이 된 것이라고
과학적으로 증명이 된 것이라니까!

그러면 그럴 게 뭐 있나
그런 과학은 집구석에서나 하지
자기 집에 뱀 한마리 풀어놓지
밥을 먹을 때도 다리를 들고
잠시도 쉬지 않고 주위를 살피고
침대도 공중에 매달아놓고
반걸음 뗄 때마다 바닥을 살피고
긴장과 주의력 열배 높이고,
사람 참 싱싱해지겠군!

그러면 직장 가서도 펄펄 날고 연봉도 몇배 더 받을 것이고
사업도 승승장구할 것이고,

유튜브에 똑똑한 정치 인플루언서들 참 많아
똑똑하고 지당하고 당연하고 허점 없는

언변가들 너무 많아 너무 당연한 얘기라서
열변을 토하고 욕설을 섞어가며 벌겋게 분노하고
그러면 지지자들 열광하지 퍼 나르고 발광하지
그 똑똑함에 눈을 떼지 못하게 하지
열광하지 않는 자는 허접쓰레기
배신자 적을 도우는 자 불안을 주입하지
지지자들에게 상어 한마리 풀어놓지
그런 똑똑함은 이제 구리와 실리콘이
사람보다 백배 더 잘하는 지능이 있는데
왜 저러나, 돈이 되니까

이봐, 이제 다른 이야기 좀 할 수 없나
플라스틱도 할 수 있는 달변 말고 말이야
열광시키지 않고 냉각시키는 얘기 말이야
뭔가 좀 덜어내는 이야기 말이야
열광을 주입하는 건 학대지 뭐냐

뭔가를 한다는 것은

짐승을 잡아놓고 그들은 뭔가를 하지
터무니없이 미개한 그들은

이제 이 옷을 벗고 너희 조상에게 돌아가라고
너는 죽는 것이 아니라 우리 몸에 들어와 우리와 살게 된
다고
그러니 너희 조상에게 가서 우리의 복을 빌어달라고
새 옷을 마련하여 다시 오라고

그들은 뭔가를 하지
사람 닮은 짐승을 잡기 위해 뭔가를 그게 황당한 뭐든

고깃집이나 마트에 가서 사 먹고 입 닦으면 그만인
우리는 아무것도 하지 않지 아무것도
하지 않으면 아무 죄가 없지
아무것도 하지 않는 것은 과학적이지
뭔가를 하는 것은 미개한 짓이지
짐승더러 죽어 너의 조상에게 가라는 정신 나간 짓은

아무것도 하지 않으면 아무 죄도 없는 일을
무엇이라도 하면 죄를 불러오지
땅을 파서 뿌리식물을 캐 먹고도 그곳에
주술이라도 묻는 건 뭔가를 한다는 것

남의 목숨 찢어 먹는데 뭔가를 한다는 것
죽이고 파먹고 무너뜨렸으니 뭔가를 한다는 것
허공에 대고서라도 뭔가를 한다는 것

아무것도 하지 않으면 학살도 죄가 없어
전쟁도 아무런 죄가 없지 아무것도 하지 않으면

그대는 슬픔을 노래할 의무가 있어
사라진 것들을 애도하는 일은 그대의 직업이니

뭔가를 한다는 건 뭔가를 심는다는 것
내 안에 심어진 뭔가가 내 몸에서 자란다는 것이지

노인은 모두 전사가 된다

나이가 들면 억울한 일이 많아진다
나이가 들면 배신당한 일도 늘어난다

아랫사람도 많아져 서운한 일도
열받는 일도 많아진다
차곡차곡 쌓인다

고생한 보람은 점점 사라진다
못 먹고 못 입고 피 흘려 세운 나라는
우리 편이 아니다

밀려나는 일도 많아진다
갈 수 있는 곳도 적어진다

이게 누가 세운 나란데
누가 나라를 망치고 있어!

그 한마디에 역전의 용사가 된다

용사는 모든 걸 버릴 준비가 돼 있다
나를 인정하는 자에게 목숨을 걸 수 있다

거짓말이든 가짜 뉴스든 상관없다
내 거짓말이 나라를 구할 수만 있다면

어차피 총으로 적을 죽여야
나라를 구할 수 있는 것 아니냐

거짓말은 총이다 가짜 뉴스는 대포다
무기를 들라, 역전의 용사들이여!

이 나라에는 나이가 들면
억울한 일이
참
많아지지만,

바람 앞에 서기 위해

어둠 깔린 창밖에 겨울비
질척이는 읍내 두어개뿐이던 흐릿한 가게 불빛

작은 수예점 연탄난로 위에는 보리차가
끓고 난롯가 가까이 의자를 당겨주며 여자가
말했지,
언니 결혼했어요

묻지 않았지 그게 편지가 돌아오기 전이었다는 건지
처음부터 그랬다는 건지
그의 이름도 주소도 나이도 내가 알던 것과 달랐다

전신주 아래 얼어 죽은 새들이 떨어져 있었지
그날 그 칠흑 같은 어둠 속 아득했던 봄밤의
완행열차는 내 가슴을 뜨겁게 지나갔지만,

나의 시작은 그렇게 시작되었을까
예고편처럼 미리 보는 결말처럼
내가 손을 내민 건 이름을 바꾸고

흔적을 지웠지 열망했던 것들은
내가 다가서면 표정을 바꾸고 모습을 감추었지

내게 오는 모든 이름들은 손아귀를 빠져
달아나는 미끈한 물고기 같았지
채워지지 않는 허기는 꿈속 식사 같았지

하지만 운명에게 나도 할 말은 없었지
어쩌면 모습을 감춘 건 그들이 아니라 내가 아닌지
이름을 바꾸고 정체를 바꾼 건 내가 아닌지
누가 애써 걸어준 메달을 벗어 내던져버린 것도
가시밭을 헤매다 겨우 찾은
길을 버리고 되돌아 나와버린 것도

세상 흐린 수조에 갇혀 숨이 막혀도
바다의 기억을 떠올릴 수 없는 어린 고래처럼
나를 비웃지 못해 안달을 했지
허허벌판은 나의 이력서

살아 있는 것을 향해 손을 뻗었으나
내가 붙든 건 언제나 죽은 새였지
후회가 없었던 건 아니지만 아니 온통 후회뿐이지만
다만 나를 바람 앞에 세우기 위해서

내리지 못할 기차를 세우는 법

김명환

이 시집의 해설을 부탁받고 더 생각할 것도 없이 기쁜 마음으로 응했다. 그러나 전화를 내려놓는 순간부터 내가 과연 시인의 뛰어난 작품들을 제대로 읽어낼까, 평론가의 무딘 산문으로 잘 풀어낼 수 있을까, 걱정이 앞서기 시작했다. 시인 백무산의 시집을 모두 꺼내놓고 뒤적거리려니 40년 가까운 세월의 온갖 일들이 떠오른다. 기성 문단을 뒤흔들었던 '노동 해방'의 젊은 시인은 어느덧 열권이 넘는 시집을 출간한 칠십대의 중진이 되었다.

돌이켜보면 백무산의 시는 내 인생의 나침반 격이었다. 그의 시를 사랑하는 독자들이나 동료 작가들이 다 그러하겠지만, 나 역시 그의 시에 기대어 세상을 바라보고 그의 목소리에 귀 기울이며 개인의 삶을 다스리려 애써온 것 같다. 훗날 시인 자신이 첫 두 시집이 한계가 많아 작품 목록에서 지우고 싶다고 말하기도 했지만,『만국의 노동자여』(청사 1988, 개정판 실천문학사 2014)와 『동트는 미포만의 새벽을 딛고』(노동문학사 1990)는 당시 강렬한 사회적 메시지를 던짐으로써 큰 반향을 일으켰다. 이후 6년에 걸친 심상치 않은 공백을 거쳐 그가 『인간의 시간』(창비 1996), 『길은 광야의 것이다』(창비 1999)를 연달아 내며 구축한 시 세계는 우리 현대시 최고의 경지를 예감하기에 충분했다. 되짚어보면 그의 초기 시에도 훗날의 놀라운 변모와 발전을 예고하는 씨앗이 이미 여기저기 뿌려져 있었고, 최근의 『폐허를 인양하다』(창비 2015)와 『이렇게 한심한 시절의 아침에』(창비 2020)까지 시를 무기로 한 사유의 실험은 쉼 없이 이어져왔다. 한마디로 말해 백무산은 우리 현대사의 곡절 가득한 현실을 온몸으로 감당하면서 시대의 아픔과 모순을 직시해온 시인으로서 구도(求道)의 길을 수미일관하게 걸어왔다.

새 시집에는 2019년 말에 터진 코로나 대유행에서 지난겨울의 불법 비상계엄에 이르기까지 우리가 겪어야 했던 큰 사건들의 파장이 짙게 배어 있는 한편, 그 현실에 맞서는 치열함도 새로운 차원을 더하고 있다. 위기가 깊어질 대로 깊어진 자본주의 사회의 출구 없음에 대한 냉철한 해부, 그럴수록 기어코 출구를 찾아내려는 집념, 이 두가지가 충돌하며 시집 전체를 꿰뚫는 팽팽한 긴장을 빚어낸다. 출구에 대한 갈망은 본연의 인간다움에서 솟아나는 욕망이자 몸부림이지만, 그러한 몸부림이 성공할 현실적 가능성을 아집이나

집착, 몽상을 다 깨끗이 털어버린 차원에서 찾아내는 일이
과연 무엇일지를 시인은 묻고 또 묻는다.
　「기차에 대하여」는 수록 작품을 통틀어 최고로 강렬한 시
적 긴장을 연출한다. 부분 인용이 불가능한 밀도 높은 시라
서 전문을 옮긴다.

　　　달리는 기차를 본다 멈추지 않는 기차를
　　　멈추지 않아 아무나 탈 수 없는 기차
　　　그만 내리고 싶어도 내릴 수도 없는 기차

　　　기차의 속도로 달려야만 탈 수 있다
　　　내리고 싶을 때 내리는 자는 치명상을 입는다

　　　세워주지 않는 저 기차에 우리 모두가 이미 타고 있다
　　　탈 수 없는 기차를 이미 타고 있는 것은 악몽이다

　　　기차가 멈추지 않고 달릴 수 있도록
　　　몸을 던져 연료가 되는 자들이 따로 있을 뿐이다

　　　기차를 세울 수 없는 것은
　　　기차의 목적지는 기차 안에 있기 때문이다

　　　목적지가 있는 사람은 기차를 탈 권리가 없다

기차의 목적지는 달리는 속도에 있다

저 기차가 왜 우리에게 있을까
아무도 목적지를 묻지 않을 만큼
우리는 내릴 수 없는 기차를 타고 있다

독자는 이 작품에서 우리가 처한 현실의 답 없음을 날카롭게 들이미는 시적 목소리에 압도된다. 하지만 독자가 자본주의의 무서운 현실을 절감하면서도 곧바로 비관주의나 허무주의에 이끌리거나 체념과 순응의 길로 빠져드는 것은 아니다. 왜냐하면 현실을 냉철하게 파헤치는 저 쟁쟁한 목소리는 동시에 그 현실을 향한 분노와 적대감의 절박한 인간적 외침이기 때문이다.

그렇다면 시인은 "내릴 수 없는 기차"에서 내리는 법을 어떻게 제시하는가? 수록된 작품을 찬찬히 읽어보면 한 행 한 행마다 기차에서 내리는 법, 정확하게는 기차를 세우는 법에 대한 고뇌에 찬 탐구가 살아 숨 쉰다. 여기서 이 작품과 짝을 이룬다고 할 표제작 「누군가 나를 살아주고 있어」를 주목할 필요가 있다. 오랜 세월이 지난 후 시의 화자는 소식이 없던 "봉인된 기억 속 오래전 친구"의 전화를 받는다. 친구의 목소리는 "어둡던 그 시절 질척한 수렁이 아니라/태양 가득하던 짧았던 젊은 날의 파도 소리였어/너로 인해 새로운 과거를 얻었구나/전화를 끊고도 들뜬 심장의 여운이 되

감겼지”라고 할 정도이며, 화자는 그가 살아남은 것이 고맙
고 자랑스러워 “마치 네가 나를 대신 살아준 것 같다는 생
각”마저 든다. 이어지는 다음의 두 연은 시인이 갈고닦은 깨
달음의 경지를 유감없이 드러낸다.

> 너로 인해 희미하게 알게 되네
> 내가 모르는 사람들도 나를 조금씩 살아주기도 한다는 걸
> 서툴고 어리석고 나를 모르는 나니까
> 어디선가 조금씩 나를 불러주고 대신 살아주어
> 간신히 내가 나로 살아 있는지도 몰라
>
> 그뿐 아니지, 지나쳐 보던 산들과 저물녘 강과
> 새벽안개와 겨울 바다도
> 구름 속 저 달도 나를 살아주지
> 내게 없는 내 기억을 가져다주기도 하지

시인은 숱한 패배와 좌절을 겪고 잘못 또한 저지르며 살
아남은 평범한 사람들, 드러나지 않아도 서로를 불러주고
대신 살아주는 이들에게서 기차를 멈춰 세울 유일한 희망
을 발견한다. ‘새벽안개’와 ‘겨울 바다’도 있지만 실은 자연
을 단순히 인간 욕망의 충족을 위한 죽은 대상이 아니라 있
는 그대로 대할 줄 아는 인간들만이 희망의 원천임은 분명
하다. 더구나 지지리 못살던 시절에도 쌀 한됫박을 안고 먼

산길을 걸어 미륵님에게 시주하던 이들의 정성이 낡은 관습이나 미신이 결코 아니며, "어떤 격식은 몸에 감추어진 영혼을/불러보는 주술"(「형식의 배후에」)이라는 것이다. 다름 아닌 이런 이들이 오늘의 현실에서는 "체념 없이 여전히 대치 중인 자들/대치할 체력도 시간도 없으면서/시간을 탕진하면서 대치 중인 자들/막다른 길에서 뒤돌아보지도 않고 멈춘 자들"(「대치 중인 자들」)일진대, 온갖 억압과 착취와 차별에 맞서 기약 없이 길바닥에서 싸우는 이들에게 궁극의 신뢰를 보내는 것은 당연하다.

그러나 「누군가 나를 살아주고 있어」가 만약 방금 인용한 대목으로 끝났다면 작품이 어딘가 맥이 빠지면서 「기차에 대하여」의 엄정한 냉철함과 어긋날 염려가 크다. 작품 마지막 연은 그러한 우려에 답하는 반전이다.

> 때로는 비열한 자들이 나를 살아주기도 하지
> 세상을 그들이 제멋대로 끌고 가버리니까
> 조소와 냉소와 악담으로 나를 살아버리기도 하지
> 우리를 대신해서 악의적으로 살아주기도 하지

이런 반전이 또 뒤집혀 새로운 깨달음을 낳고 그것마저 또다른 반전과 맞부딪쳐 새로운 경지를 여는 것이 용맹정진의 참된 과정일 터인데, 이는 백무산의 시 세계를 밀고 나아가는 원동력이자 중요한 시적 기법이기도 하다. 가령, 「재로 지은 집」(『거대한 일상』, 창비 2008)은 가보고 싶던 아름다운 옛 절을 벼르고 벼르다 찾아가니 이미 화재로 타버린 상황을 노래한다. 화자는 폐허의 절터에서 아쉬움도 서러움도 없는 깨달음 한 자락을 얻고 돌아서지만, 마지막 연에서 "그 절 만나고 오는 길/눈이 밝아져/돌부리에 걸려 넘어졌네/재로 된 돌부리였네"라며 그 깨달음마저 자칫하면 부질없음을 직시한다. 바꿔 말하면, 땀 흘리는 직접적 생산자들도 부단히 지금의 자신을 부정하는 치열한 수련과 실천을 통해서만 참다운 해방을 쟁취할 수 있다는 것이다.

어떤 독자들은 이처럼 집요한 백무산의 시적 탐색이 행여 관념의 유희나 추상적 사유의 함정에 빠지지 않는지 의심할 것인바, 구도자적 성찰에 수반하는 갖가지 위험은 항상 경계해야 마땅하다. 그러나 그의 시는 언제나 현실의 사건과 사태에 대한 날카로운 비판, 뜨거운 분노와 저항 의식에 힘입어 그런 위험을 돌파한다. 그 점에서 백무산의 시 세계는 초기부터 지금까지 한결같다. 산업재해로 인한 사망사고는 첫 시집부터 지금까지 끊임없이 등장하거니와, 산업화 과정에서 마구잡이로 파괴된 농어촌의 삶에 대한 생생한 기억, 공해와 환경오염의 끔찍함, 무지몽매를 배격하지만 동시에 지식과 지식인에 대한 뿌리 깊은 불신을 유지하는 것, 동학과 의병 등 역사에 대한 지극한 관심도 언제나 그의 시적 사유에서 종요로운 자리를 차지해왔다.

당연히 코로나 대유행과 기후 위기의 심화, 극우 세력의

발호와 내란 사태 등 최근의 사건도 시적 작업에 필연적으로 끼어든다. 「잔치는 다시 시작되었다」는 코로나 대유행 앞에서 전혀 변화할 생각 없이 과거로 돌아가기만 바라는 사회를 통렬하게 풍자한다. 언뜻 코로나와 무관해 보이는 「존중 사회를 위하여」는 어느 대학 기숙사에서 평소와 달리 엄청나게 배출되는 일회용품 쓰레기를 감당하다가 과로사한 여성 청소노동자 사건을 둘러싼 실제 사실들이 소재임을 눈치챌 수 있다. 「정신을 놓아버릴 것 같은 폭염이」에 이르면 황폐한 우리 삶의 단면이 팬데믹과 기후 위기로 인한 폭염과 하나로 뒤엉키는 기막힌 명편을 만나게 된다.

시인은 세월호 참사와 관련하여 벌어진 수구 세력의 혐오 언행에 예민하게 반응하면서 시적 발언을 해왔거니와, 이 시집에서도 극우의 뿌리를 파헤치는 시편을 여럿 내놓고 있다. 그중에서 「문턱」은 단연 돋보이는 작품인데, 비상계엄 이후의 경악할 일들을 근본부터 따져 이해할 시야를 제공한다. 이성과 야성(비이성)의 관습적 구분을 해체하면서 인간 사회가 얼마나 불안정한 기반 위에 얹혀 있는지를 실감나게 제시하는 것이다. 일부를 인용해보자.

넘지 말아야 할 문턱을 넘어서는 안 된다는 걸
사람에게 가르치는 일 또한 어렵지 않은 일이지
오래전에 야생의 본능이 많이 사라졌기 때문

바로 그 때문에 문턱을 넘도록 만드는 일 역시 식은 죽
먹기지
  야성 때문에 종종 치명적인 문턱을 넘어버린다고
  생각하지만 실상은 그 반대이지

  물로는 발등을 찧으려야 찧을 수 없지만
  장담할 수 없지 자신도 모르게 얼음이 된 줄도 모르고
  발등 찧는 일을 자신도 이해하지 못하지

  손도 대지 않고 증오의 문턱을 넘어버리게 만드는 일도
  어렵지 않지 광란의 전쟁터로 몰아넣는 일도

  그저 몇 마디 혐오를 가르치는 것만으로도
  학살의 문턱을 넘어버리기도 하지
  종의 문턱을 넘어버리기도 하지

이는 '문턱'의 이쪽과 저쪽이 얼마나 가까운지를 상기시켜 독자가 두려움을 딛고 각성하게 하는 동시에 극우적 언행에 빠진 이들을 인간 이하의 절대적 타자로 몰아버리는 오류에 대한 예리한 경고이기도 하다. "구별하여 확정한다는 건 얼마나 잔인할 수 있나"(「악의 우월성」), "자신도 모르게 폭발하는 분노나 증오 같은 어두운 벽은/벽이 아니라 얇은 커튼 같은 것이라는 걸"(「이빨」) 같은 대목도 마찬가지이

다. 또 '폐쇄회로'(「파이프라인」), '폐소공포증'(「바람의 집」) 등이 남다른 비중을 지니는 시어임도 주목해야 한다. 아집에 물든 자아를 보지 못하는 눈먼 마음, 타자를 응대할 줄 모르는 마음, 인간 세계의 바깥, 즉 자연과 동물, 무생물까지도 있는 그대로 받아들이지 못하는 닫힌 마음이 바로 폐쇄회로에 갇힌 우리의 진상이며, 시적 화자의 폐소공포증을 유발한다. 반면에 「신라의 달밤」은 식당에서 늦은 저녁을 먹는 중년 부부를 바라보며 장애인인 아내가 오히려 남편을 부축하고 이끄는 듯한 느낌을 주는 풍경을 창조함으로써 우리 내면의 감옥을 부수고 탈출하게 하는 아름다운 예술적 성취를 이룩한다.

백무산의 시 세계에서 사랑의 기쁨이나 남녀 관계의 환희를 다룬 작품은 드물다. 이 시집도 예외가 아니다. 시인이 남녀의 만남과 맺어짐을 다룰 때에는 주로 시적 화자의 잘못과 한계만 부각된다. 사랑의 실패는 화자의 전존재가 겪은 좌절의 필연적 일부로 기억되며, 사랑의 기쁨과 소중함이 들어설 공간 없이 번뇌만이 두드러진다. 「돌아가고 싶지 않았다」「바람 앞에 서기 위해」 등이 그러한데, 시인은 「인연」(『길은 광야의 것이다』)이나 「여신상」(『폐허를 인양하다』)에서 성적 에너지나 충동을 생생하게 그리는 능력을 입증했고, 「인월장에서」(『이렇게 한심한 시절의 아침에』)에서는 낯모르는 남자와 여자가 마주칠 때 딱히 성적인 시선이라고만 할 수 없는 남자의 눈길이 상대에게 얼마나 무의미할 수 있는지를 선연하게 포착했다. 이는 남성 시인으로서는 쉽지 않은 역량임이 틀림없으니 이 계열의 수작들이 앞으로 더 기대된다.

그런데「후회」야말로 그런 기대를 이미 충족시킨 탁월한 작품이다. 요양병원에 장기 입원한 어머니를 방문한 화자는 느닷없이 어머니가 군대 갈 나이의 장성한 아들을 더이상 숨기지 말라고 말씀하시는 황망한 일을 경험한다. 노쇠하고 귀도 먹은 어머니이지만 그동안 "정신 줄 한번 놓아본 적 없었으니" 간병인과 동생들까지 다 어머니 말씀을 믿는 눈치인데다 하물며 "아이 얼굴까지 나이까지 아이 엄마 얼굴까지/다 알고 계시다는데" 화자는 난감할 뿐이다. 그는 할 수 없이 어머니의 귀에 대고 큰 소리로 "그리하겠심더, 할매 한테도 데리고 올게요"라고 빈말로 답하고 만다. 병실을 나오는 화자에게는 "내가 싫어 나를 반복 않겠다는 생각 참 한심했구나"라는 후회가 파도처럼 밀려온다. "어쩌나 이를 어쩌나/어디 가서 숨은 아이 찾아오나/나는 갑자기 그 아이가 그리워졌네/그 아이 아버지는 지금쯤 어디서 헤매고 있을까"라는 마지막 연은 읽는 이의 마음을 후벼 파는 아프고 슬픈 대목이다.

기차에서 내리려면 기차를 멈춰 세워야 한다. 그래서 이 시집에는 '멈춤'을 화두로 한 사유가 도처에 깔려 있다.「멈추어서 할 일들」은 "무엇을 해서가 아니라 무엇을 하지 않아서지/하늘이 푸르른 것도 별이 빛나는 것도"라고 말문을 열면서 우리가 살아가는 자본주의 기계문명을 자연과 대비

시킨다.

> 에어컨은 찬 바람을 만들어내는 장치인 줄 알지만
> 더운 열에너지를 밖으로 방출하는 기계지
>
> 사람이 무엇을 하면 할수록
> 왜 무엇을 할 수 없는 땅이 되어가는지
> 우리가 저 말 없는 바깥 것들과 싸우면 싸울수록
> 왜 우리들과 싸우는 일이 되는지
>
> 하지 말아야 찾아오는 새가 있어
> 멈추어야 자신을 보여주는 꽃이 있어
>
> 나무가 하는 일 강물이 하는 일
> 멈추어서 부지런히 해야 할 일들이

반면에 「길을 정지시키고」에서는 '멈춤'과 동의어인 '정지'가 사뭇 정반대의 뜻으로 쓰이기도 한다. 시적 화자는 길 가던 여인이 갓길에 멈춰 서서 무언가를 열심히 들여다보는 장면을 목격한다. 여인은 잃어버린 무언가를 찾는 것 같지는 않지만 바로 가까이 차들이 쌩쌩 달리는데도 알지 못할 것에 몰두하고 있다. 마지막 두 연은 다음처럼 마무리된다.

길은 넓고 시원하게 뻗어 있고
그 누구도 멈출 만한 무엇을 발견할 수 없는
정돈되고 포장되고 속도로 밀어버린 길이다
바퀴처럼 같은 면적이 무한 반복되는 길이다
여자는 여전히 허리를 숙여 등허리
맨살을 드러낸 채 내려다보고 있다

그 무엇도 의심할 여지 없는 길이다
길은 그래서 정지된 세계다
길 밖에 무엇이 바글거리는지
알 수 있는 것은 아무것도 없다는 듯이
길은 정지되고 움직이는 것은 풀과 여인뿐이다

두 시편을 나란히 놓고 보면 기차를 멈추는 일은 단지 엔진을 끄고 브레이크를 잡는 일이 아님이 더 분명해진다. 시의 원문을 약간 변형해서 풀자면, 나무와 강물, 즉 자연이 스스로 멈춘 상태에서 부지런히 하는 일들을 제대로 이해하고 우리도 자연과 닮은꼴로 살아갈 준비가 될 때 비로소 새 세상 만들기를 도모할 수 있다. "속도로 밀어버린 길" "무한 반복되는 길"은 "길 밖에 무엇이 바글거리는지" 모르거나 무관심한 세계, 즉 죽음과 다름없는 정지의 세계이며, 이윤만을 좇는 자본의 무한 반복 운동의 세상이지 진정한 멈춤의 세상과는 상극이다. 그러므로 '인간보다 뛰어난 AI의 가능

성’이라는 작금의 소란한 언설에 대해서도 “인간 닮은 기계
는 없지 기계 닮은 인간 투성이지”라고 일갈하면서 멈춤을
이해하는 능력이 곧 사람의 “곁에 있어주는 능력”(「곁에 있어
주는 능력」)임을 확인한다. 이처럼 백무산의 시적 사유는 직
전 시집의 「정지의 힘」(『이렇게 한심한 시절의 아침에』)에서 보
여주었듯이 짧은 시가 도달한 성취를 바탕으로 더 풍요롭고
구체적인 방향으로 나아가고 있다.

글머리에서 백무산의 시가 독자로서 내게는 삶의 나침반
이었다고 말했다. 이 말이 나침반이 알려주는 대로 항상 자
신을 다스릴 수 있었다는 뜻은 결코 아니다. 그러나 “무너지
고 붕괴되고 해체되기 전에 ‘인간’이 먼저 무너져 있었다”
(『인간의 시간』, 후기)라는 문장에서 드러나듯이, 무너진 우리
자신의 전모를 파악하고 구원하려는 그의 시적 고투를 이
세상이 얻지 못했더라면 어땠을까. 분명히 우리는 더 헤매
고 더 무너졌을 것임을 이번 시편들을 읽으며 절감한다. 백
무산 시의 근저에 확고하게 자리잡은 삶과 생명에 대한 믿
음은 프랑스대혁명과 산업혁명을 겪은 영국 낭만주의 시인
윌리엄 블레이크의 한 구절, “해와 달이 행여 의심을 품는다
면/그들은 곧장 빛을 잃어버리리”(「순수의 전조」)에 담긴 무
한한 믿음과 바로 통한다.
앞으로 백무산의 작업은 지금까지의 시적 성과를 토대로
창조적 에너지가 찬연하게 폭발하는 순간들을 계속해서 만

들어가리라 믿는다. 가령, 「춤추는 인간」(『그 모든 가장자리』, 창비 2012)에서처럼 황홀한 춤 앞에서 불안과 번민에 빠진 시적 주체에 주목하는 것을 넘어서 "혁명을 통해 모든 인간을 춤추는 인간"으로 바꾸는 '개벽'의 차원이 기대된다. 또 무생물까지 포함하여 만물을 품 안에 거두는 시적 사유를 통해 이른바 '만물의 영장'이라는 자기중심적인 근대적 인간관을 배척하되 인간의 남다른 소명과 역할을 해명하는 난제 역시 풀어나가리라 본다. 부디 독자들이 이 시집을 읽고 그의 다른 시집들로까지 나아가는 '멈춤'의 시간을 누릴 수 있기를 소망한다.

金明煥 | 문학평론가

우리는 왜 이런 방식으로 존재해야 하는가? 흔히 역사에 그 질문을 던지지만 역사는 현실에 알리바이를 조작해주는 공범자이기도 해서 현실을 움직일 수 없는 것으로 만들어버리기도 한다. 그래서 '머나먼 시선'으로 자주 눈을 돌려보게 되었다. 그 시선은 시간은 시와 동의어라는 생각이 들게 했다. 시간은 인간의 감각적 경험이고, 시는 그때 그 시간을 담아내는 사건이기 때문이다. 하지만 우리의 시간은 미래가 현재를 먹어치우고, 살아 있는 '어제'는 죽은 사물이 되어 오늘은 덧없이 얇아져 부서지기 쉬운 그릇이 되고 만 것 같다. 현재는 눈앞에 일어나는 사건이 아니라 생애의 시간 전체의 두께에서 일어나고, 지질학적 시간도 우리 생애에 깊이 개입하게 되었다. 나의 기억은 자신의 내부에만 있는 것은 아니었다. '어제'라는 공유지에 우리 모두 섞여 있었고, 그것은 과거도 아니고 시간도 아닌 오늘 우리가 거주하고 있는 장소일 것이다. 시에는 어떤 통로가 있는 것일까? 나는 그저 어떤 입구에서 난감해하고 있을 뿐이다.

2025년 입동 무렵

백무산

창비시선 527

누군가 나를 살아주고 있어

초판 1쇄 발행 / 2025년 12월 5일

지은이 / 백무산
펴낸이 / 염종선
책임편집 / 김가희 박문수
조판 / 황숙화
펴낸곳 / (주)창비
등록 / 1986년 8월 5일 제85호
주소 / 10881 경기도 파주시 회동길 184
전화 / 031-955-3333
팩시밀리 / 영업 031-955-3399 편집 031-955-3400
홈페이지 / www.changbi.com
전자우편 / lit@changbi.com

ⓒ 백무산 2025
ISBN 978-89-364-2527-2 03810